W0467854

COLLECTION SÉRIE NOIRE
Créée par Marcel Duhamel

Parutions du mois

2358. LE PONT DE MOSCOU
(PIERRE LÉON)

2359. LA FOIRE AUX SERPENTS
(HARRY CREWS)

2360. PROTHÈSE
(ANDREU MARTIN)

2361. LA DANSE DE L'OURS
(JAMES CRUMLEY)

ANDREU MARTIN

Prothèse

TRADUIT DE L'ESPAGNOL
PAR GEORGES TYRAS

nrf

GALLIMARD

Titre original :

PRÓTESIS

© Andreu martin, 1984.
© Éditions Gallimard, 1994, pour la traduction française.

Première partie

I

VENDREDI 21 JUILLET

7h30 du matin

Il n'y a rien de plus sinistre que le sourire d'une tête de mort. C'est un rictus pétrifié, inexpressif, froid. Inaltérable. Des dents serrées en une morsure féroce. Un piège qui s'est refermé brutalement, clac, et ne relâchera jamais sa proie. Un rire contenu et sans joie, un sourire de connivence et de douleur, une menace de cruauté. Grimace forcée du bourreau qui feint d'être un ami avant de faire mal, très mal. Pour l'instant, il n'y a pas de quoi rire, il ne se passe rien d'amusant, mais d'ici peu, tu verras, d'ici peu, rien que d'y penser... Quand la peur te fera gémir et pleurer, et que tu te tordras de douleur, tu verras, ce rire infernal... Le sourire d'une tête de mort évoque des orbites vides, des yeux qui regardent vers l'intérieur du crâne et se réjouissent au spectacle de pensées putréfiées. Le sourire d'une tête de mort évoque le pourrissement, les vers qui grouillent et les os qui se désagrègent lentement alors qu'ils attendent l'heure de la revanche.

Le sourire de Miguel Vargas Reinoso trempe dans un verre en cristal, avec de l'eau et une pastille de Corega Tabs. Il passe des heures entières à le contempler, toutes les nuits, depuis l'instant où il se l'arrache des gencives jusqu'au moment où il le remet en place, dans sa bouche. Il le regarde, de ses yeux plissés, félins et désagréables, tout en respirant à un rythme régulier, à peine plus rapide que la normale. Des nuits entières plongé dans cette contemplation, à se dire que le temps a passé, beaucoup de temps.

Tandis qu'il le nettoie minutieusement, les doigts enduits de AZ-15, avec une brosse en fibre synthétique (le poil de sanglier n'est pas aussi efficace contre le tartre et la nicotine), il pense aux quatorze mille cinq cent soixante-dix pesetas que son sourire de tête de mort lui a coûtées il y a quatre ans. Un joli paquet. Plus de quatre cent cinquante pesetas la dent. Il le saupoudre, rose et blanc, de fixateur Super-Corega, afin de ne jamais risquer de le perdre.

Miguel Vargas Reinoso affronte maintenant le miroir. Il ne se regarde jamais dans les yeux. Son intérêt se porte sur ses lèvres difformes, enfoncées. Il connaît par cœur chacune des cicatrices blanchâtres qui sillonnent sa peau, depuis la base du nez, sur la lèvre supérieure, jusqu'à son menton pointu. Le temps a passé, beaucoup de temps. Mais ce n'est pas assez, ce ne sera jamais assez. Selon le rituel quotidien, il saisit son sourire de tête de mort entre le pouce et l'index et le câle sur ses gencives nues. Comme par magie, sa bouche cesse d'être monstrueusement difforme. Étirant les commissures de ses lèvres vers l'arrière, en une grimace qui découvre toutes ses dents ou presque, Miguel imite le sourire de la mort, se l'approprie, ouvrant et fermant la bouche à plusieurs reprises. Puis il se lave, se rase et se peigne devant le miroir au tain écaillé. Il enfile un jean sur son slip maculé par les pollutions nocturnes. Le tee-shirt délavé à manches courtes. Il va faire chaud, aujourd'hui. Les chaussettes qu'il n'a pas lavées depuis deux semaines et les santiags, usées jusqu'à la corde, ses seules chaussures. Il tire une Celtas de son paquet et craque une allumette.

Avec un soin infini, il range dans leur étui le verre transparent, le Corega-Tabs, le Super-Corega, la brosse et le dentifrice. Et se dit : « c'est fini, cette routine ». Il esquisse un sourire. Il est sept heures et demie, et n'importe quel autre jour, il serait sorti en courant. Mais aujourd'hui, la routine est finie. Elle prend fin, après huit ans, huit longues années, à n'agir qu'au coup de sifflet, à ne vivre qu'au son de la sirène, contre la montre en permanence. Ce jour semblait ne jamais devoir arriver. L'atmosphère rance de la chambre a tout à coup des odeurs de liberté.

La veille au soir, le téléphone a sonné de façon hystérique dans le couloir de la pension. Et Miguel, comme à chaque fois, a eu un léger sursaut. Injustifié, à vrai dire. S'il n'avait pas reçu le coup de fil tant attendu en trois ans, il n'y avait pas de raison pour que celui-ci fût le bon. Mais Miguel a tressailli une fois de plus en entendant la sonnerie. Parce qu'il avait encore de l'espoir. Sans espoir, se répétait-il, il se serait déja tiré une balle dans la tête.

Sans espoir, il n'aurait pas pu supporter l'horaire strict de la prison, les réprimandes des gardiens, le cachot, la monotonie du service militaire et les trois années de travail légal à Saragosse, de la maison au boulot, du boulot à la maison, pas un verre, pas une pute, pas un ami, pas une cuite. Il sortait de *Transports et Déménagements* et s'enfermait dans la pension, étendu sur son lit jusqu'à l'heure du repas. Sans espoir, il n'aurait pas pu supporter la solitude de chaque instant, tout entier occupé par cette idée fixe : se laver à jamais de son passé, ne rencontrer personne, ne se mêler de rien, propre ou pas, de rien. Ni les longues nuits passées les yeux ouverts (combien de temps que tu ne dors pas ?), la cigarette aux lèvres, la rage vibrant dans chaque pore de la peau, à méditer sur le sourire de tête de mort enfermé dans le verre d'eau, en proférant des injures entre les dents. « Je te baiserai, enfant de putain, je t'arracherai les dents une à une, je vais t'attacher au lit et te massacrer les couilles à coups de pied et tu passeras le reste de ta vie dans un fauteuil roulant, enculé, à pisser le sang. » Des heures et des heures à se demander ce qui serait le mieux, laisser son ennemi agoniser ou en finir avec lui après l'avoir fait payer. En huit ans, Miguel ne s'était pas répété une seule fois. Il avait enrichi ses litanies de détails tirés de son imagination et de son livre préféré, *Supplices orientaux du XIXe siècle*. Et à la fin de ses longs chapelets d'insultes, de menaces et de promesses, il ajoutait religieusement cet amen péremptoire :

— Ou alors je me flingue.

Mais il ne s'était pas flingué et le téléphone avait retenti quatre fois. L'espoir fait vivre. Il avait entendu cette sonnerie frénétique à des centaines de reprises, et il avait sursauté pour rien à chaque fois, mais il savait qu'un jour ce serait pour lui. C'est pourquoi il avait supporté tout ça sans se flinguer. Les pas de doña Pascuala avaient résonné dans le couloir. D'habitude, ils ne s'arrêtaient jamais devant sa porte ; la logeuse frappait chez un locataire deux portes plus loin, ou chez le couple d'en face. Mais hier, c'est à sa porte que doña Pascuala avait enfin frappé, et Miguel avait bondi sur son lit. Pour la première fois depuis trois ans, c'était lui qu'on appelait.

— Senor Vargas ! C'est pour vous !

Il se dépêcha de sortir de sa chambre, mais la patronne avait disparu. Il tremblait à la pensée qu'elle pouvait écouter derrière une porte. Il alla jusqu'à l'appareil et saisit le combiné, anxieux. Son cœur s'était emballé.

— Oui ?
— Miguel ?
— Qui est à l'appareil ?
— C'est Marujo ! C'est toi, Miguel ?
— Marujo ?
— Comment ça va, vieux ? Ha, ha, ha !
— Marujo ? C'est bien toi ?
— Eh ben oui, quoi ! Ha, ha, ha ! Il y avait un bail, pas vrai, vieux ?
— Où es-tu ?
— À Barcelone ! Où veux-tu que je sois ?
— Qui t'a donné ce numéro ?
— C'est Chava ! Comment tu vas ? Ça faisait longtemps, hein ? Qu'est-ce que tu deviens, mon vieux ?
— Qu'est-ce qui se passe ? Il y a du nouveau ? Qu'est-ce que tu veux ?
— Ça tient toujours, pour les cinq sacs ?
— Tu as trouvé Gallego ?
— Oui, monsieur, je te l'ai trouvé, ton Gallego, ha, ha ha !
— Où est-il ?
— Ici, à Barcelone ! Tu te radines ?
— Qu'est-ce qu'il fait ? C'est vrai qu'il a quitté la police ?
— Il dit qu'on l'a jeté. Il raconte qu'on l'a jeté à cause de toi, vieux ! Tu vas venir ou quoi ?
— Bien sûr que je viens ! Je suis là demain !
— N'oublie pas les cinq sacs, hein ? J'ai tenu parole, tu vois.
— Où est-ce que je te retrouve ?
— Dimanche, au *Palmer*. Tu sais où est le *Palmer* ? sur le Paralelo, près de la ronda San Pablo. Tu vois où je veux dire ?

— Sans problème !

— Bon, ben, dimanche soir, on se retrouve là, d'accord ? À minuit, ça marche ?

— On ne peut pas se retrouver plus tôt ? Je suis à Barcelone demain soir si tu veux…

— Ben non, vieux, je bosse, moi.

— Mais il y en a pour une minute ! Tu me dis où il est, je te file le fric, et…

— Pas question, merde ! Il faut qu'on parle, quoi ! Tu vas me raconter ce que tu deviens ! Ha, ha, ha ! Putain, ça fait un bail ! …

— Oui, mais écoute, Marujo… Tu vois…

— Nom de Dieu, mais qu'est-ce qui t'arrive ? Il va pas s'échapper ! … Allez, à dimanche, hein ? …

Son corps était parcouru de frissons lorsque Miguel retourna dans sa chambre. Il avait les mains moites et la tête lui tournait. Enfin, enfin, enfin… Il s'allongea sur son lit, avec un sourire. Enfin. Il avait du mal à respirer et il passa la nuit les yeux fixés au plafond, à proférer les pires malédictions. « Je vais t'avoir, enfant de putain, je vais te baiser, je t'attacherai les bras en croix et je te piétinerai les couilles, et quand tu ouvriras la gueule pour crier, j'y écraserai ma cigarette, et… » Au matin, il n'avait pas terminé sur son habituel « Ou alors je me flingue ». Ça n'était plus nécessaire. Désormais, il n'y aurait plus de « Ou alors ».

Miguel Vargas Reinoso sort son sac de sport, en essuie la poussière avec des gestes mesurés (« Ne te presse pas, ce n'est pas la peine »), et y fourre ses deux chemises froissées, son pull de laine déchiré aux coudes, son pantalon gris, son col roulé, deux slips douteux et un tricot de corps à manches courtes. Il glisse parmi le linge l'étui de son dentier et ses trois livres : le Sade, *Les Onze Mille Verges* et *Les Supplices orientaux*. Pour finir, il soulève son matelas et y prend un objet, enveloppé dans un torchon graisseux, qu'il soupèse d'une main. Environ deux kilos. Il cède une fois de plus à la tentation de l'examiner.

C'est un revolver Bernardelli. À peine plus petit que sa main ouverte. Avec sept balles de 9 mm. Laid, aux lignes vieillottes, trop arrondies. Le bout du canon, quasiment cylindrique, éveille toujours chez Miguel des pensées obscènes. Il porte les initiales VB sur la crosse. Miguel est convaincu que ce n'est que grâce à cet instrument qu'il a pu supporter les... depuis quand le possède-t-il ? ... les trois années de réclusion volontaire. Chaque fois qu'il le regarde, il se sent fort, libre, heureux.

Il replie le torchon maculé de graisse et place le paquet au milieu de son linge, en faisant glisser la fermeture éclair d'un geste brusque. Il pose son sac sur le lit, à côté de l'épais blouson qu'il s'est acheté pour l'hiver et sort dans le couloir de la pension.

Une fois n'est pas coutume, il adresse la parole à doña Pascuala lorsqu'il la croise. Elle esquisse une grimace de crainte et de méfiance. Elle n'a jamais eu une grande confiance envers ce locataire qui ne fait pas de bruit en marchant.

— À midi, vous me direz ce que je vous dois. Je m'en vais.

— Bon.

« Bon ». Ce seul mot après trois années sous son toit. Doña Pascuala aurait aimé ajouter quelque chose comme « C'est mieux ainsi » , ou « C'est pas trop tôt » , mais elle n'a pas osé.

Miguel se dirige vers l'entreprise de déménagement où il travaille depuis deux mois. À cette heure de la matinée, les ombres sont encore longues, mais le ciel est dégagé et le soleil est déja chaud.

Mequinenza, le comptable, vient d'arriver et il a déja repris son travail de la veille, penché sur son bureau, le nez à deux doigts d'un registre sur lequel il aligne des chiffres.

— Prépare-moi mon compte, je m'en vais, dit Miguel.

— Viens pas faire chier, toi, répond l'autre sans cesser d'écrire, avec le boulot qu'on a ! Tu peux attendre la fin du mois…

— Mon père vient de mourir, ment Miguel. On m'a appelé hier au soir. Il faut que j'aille à Barcelone.

Mequinenza ne s'est pas rasé, ni lavé, depuis plusieurs jours. Il a la soixantaine passée et affiche en permanence l'expression de quelqu'un qui semble gêné par la puanteur alentour. Il relève la tête avec un air d'ennui profond.

— Eh ben, va voir le patron, qu'est-ce que tu viens me raconter, à moi ? Moi, si le boss est d'accord, c'est d'accord.

Miguel regarde le poster de la fille nue et écartelée qui est punaisé au mur. Il soupire et passe le poids de son corps d'une jambe sur l'autre.

— Et il est où, le patron ?

— Où veux-tu qu'il soit ? Au bar !

— O. K. , toi, tu me prépares mon compte.

Il sort de l'entrepôt et traverse la rue en courant, sans se préoccuper des feux, en regardant d'un côté et de l'autre pour éviter les voitures. Il pénètre dans le bar, où le patron et deux employés sont au comptoir, devant des cassolettes de tripes et des verres de gros rouge. Les trois hommes interrompent leurs plaisanteries en le voyant. Les compagnons de Miguel ne lui adressent la parole que pendant le travail et seulement si c'est indispensable : « Tu te mets en haut ou en bas, Miguel ? » , « Attrape la corde ! » , « Pousse, mais pousse donc ! » Rien de plus.

Miguel est un type bizarre. Il ne parle jamais. Ni de filles, ni de football, ni de sa famille, ni d'où il vit, de rien. Il ne leur a jamais offert un verre, n'en a jamais accepté. Il ne dit même pas bonjour, ou au revoir. Et il a un drôle de regard, comme perdu. Il n'y a que le patron qui lui adresse la parole. Il le considère un peu comme un attardé mental et dit qu'il ne va que d'une fesse.

— Prends quelque chose, Miguel.

— Je pars. J'ai demandé à Mequinenza qu'il me fasse mon compte. Je m'en vais.

— Eh bien ! Qu'est-ce qui t'arrive ?

— Mon père est mort. Il faut que j'aille à Barcelone aujourd'hui même.

Les deux compagnons de Miguel se regardent, en essayant de cacher leur incrédulité et leur soulagement. Le boss lui met la main sur l'épaule en se demandant ce qu'il peut bien dire à ce type, tout en doutant qu'il ait jamais pu avoir un père.

— Saaaaaloperie, finit-il par lâcher, avec un terrible accent du terroir aragonais. Saaaaaloperie de vie, mon grand…

Il s'absorbe dans la contemplation de la sciure qui jonche le sol, et secoue la tête en serrant douloureusement l'épaule de Miguel. Lequel jette un coup d'œil sur la main comme s'il était sur le point de dire « Ne me touche pas ou je te casse la tête ». Mais il se retient et l'homme enlève sa main pour se remettre les parties en place à travers une braguette plutôt crade.

— Enfin, on n'y peut rien… soupire-t-il avec un soupir de résignation. Alors, tu t'en vas…. Puuuutain de merde… Et tu penses revenir, ou pas ?

— Non, il faut que je m'occupe du magasin.

Les deux autres sont déjà en pleine discussion pour payer.

Le patron gratifie le bras de Miguel d'une claque à l'envoyer valser contre les murs.

— Si tu restais encore un peu, tu toucherais le chômage. Tu terminais tes trois mois d'essai et je t'arrangeais le coup…

— Je n'ai pas besoin de ça.

— C'est bon, mon gars, comme tu voudras – une dernière gorgée de vin. On y va.

Le soleil est maintenant de plomb sur la ville et l'atmosphère devient irrespirable. Les quatre hommes marchent tranquillement, sans se presser, jusqu'à l'entrepôt.

— Mequinenza ! Tu fais son compte à Miguel, son père est mort, qu'il dit. Il s'en va ! Il tend la main en signe d'adieu. Bon, mon gars, je regrette. Quand même, partir maintenant avec tout le boulot qu'on a…

— Allez vous faire mettre, articule soigneusement Miguel.

Le patron hausse les épaules, sans émotion apparente, et se dirige vers le fond de l'entrepôt, où se trouve les camions. Il se calme en se disant que ça devait arriver un jour ou l'autre et qu'il vaut mieux que ce soit maintenant. Si Miguel s'était avisé de lui balancer un truc pareil un mois plus tôt, il lui aurait éclaté la tronche. Mais jusqu'à présent, il s'est contenté de ses regards de méchant du petit écran. Il s'en va et il lui prend fantaisie de l'envoyer se faire voir ? Bon, pauvre type, il faut bien qu'il se défoule. Du moment qu'il se tire… Bien entendu, plus question de rendre un service à Caro, plus jamais. Le patron est de mauvais poil pour le reste de la journée.

— Chargez deux ou trois grands cabas et toutes les couvertures ! aboie-t-il.

Les autres obéissent, tout en chuchotant et en observant Miguel du coin de l'œil.

— On dirait un vautour, putain.

Mequinenza lui remet quelques billets de mille, Miguel signe et s'en va. Maintenant, c'est bien fini. Vous pouvez allez vous faire foutre, tous autant que vous êtes. Lui, qui marchait toujours un peu courbé, en traînant les pieds, avance maintenant d'un pas alerte, en bombant le torse. Il se sent tout à coup plein de vitalité. Libre. Libre après quatre ans de prison, un et demi de service militaire et trois d'esclavage. L'heure de la vérité a sonné. L'heure de donner la mort.

Il traverse la plaza del Portillo et remonte le Coso comme si une marche militaire résonnait dans sa tête.

Retourner à Barcelone. Repiquer au truc. Ça fait combien de temps qu'il n'est pas allé par là-bas ? En 75, pendant une permission, il avait été y passer quelques jours, chez son frère. Il n'y était allé que pour parler avec Chava ou Marujo, mais tous deux étaient à l'ombre. Et il n'avait plus rien su d'eux jusqu'au coup de téléphone d'hier.

Il prend à gauche, juste avant d'arriver calle Cerdán et entre au bar *Los Pajaritos*. C'est plein de gens qui boivent en mangeant un morceau, parmi les rires, les cris et la fumée. Sans saluer qui que ce soit, Miguel se fraie un chemin jusqu'à la cloison de verre cathédrale et de bois qui délimite une sorte d'arrière-salle, où se trouve, assis à une table avec son café au lait et sa brioche, Caro. Cheveux blancs, yeux démesurément agrandis par des lunettes de myope, corps famélique. Et sur les genoux, été comme hiver, la grosse couverture crasseuse, la sempiternelle couverture à carreaux, qui semble plus cacher que couvrir quelque chose.

— Salut, Miguel. Qu'est-ce que tu fais par là à cette heure-ci ?

— Je pars, répond-il, debout, aussi respectueux qu'une

jeune recrue devant un colonel, quoique sans se départir de son air impertinent. On m'a appelé de Barcelone et je m'en vais.

Caro trempe un morceau de brioche dans son café au lait, l'engloutit bruyamment, et adresse un clin d'œil à Miguel.

— Voyez-vous ça. Tu as enfin mis la main sur Gallego ?

— Oui. Mais pas un mot à personne, hein, Caro. Il n'y aucun rapport entre Gallego et moi. Tu n'es au courant de rien, d'accord ?

— Ne va pas faire de bêtises, Miguel. Tu te débrouilles pas si mal, ici. À quoi bon aller te compliquer la vie, maintenant ?

— Je mets les voiles, Caro. Je suis venu te dire merci et je m'en vais.

Il n'est pas habituel que Miguel adresse des remerciements à qui que ce soit, mais c'est un cas à part. Caro l'a beaucoup aidé, en prison, lorsqu'il avait seize ans et n'était qu'une merde. À cette époque, Caro était un type d'allure vigoureuse, grand, mince et nerveux, l'air dangereux. Les autres prisonniers le traitaient avec respect, ils ne haussaient jamais le ton en sa présence et exécutaient ses moindres désirs. Il avait pris Miguel sous sa protection. C'était une tante capricieuse, qui réclamait ses faveurs à chaque instant et parfois même le frappait, mais qui donnait en échange beaucoup plus que la plupart. Lorsque Caro retrouva la liberté, la situation de Miguel s'envenima. Le protégé d'une huile, la couille d'un chef, comme on dit là-bas, devient ensuite la cible de tous les coups. Quand son tour arriva, il fut envoyé tout droit au service militaire, à Santander, un coin dur où étaient expédiés tous ceux qui avaient des antécédents, pénaux ou politiques. Il y avait même des types de l'ETA, et ils en prenaient plein la gueule pour pas un rond. Lorsque ce fut fini, Miguel se rendit directement à l'adresse que Caro lui avait donnée.

Il avait retrouvé Caro bien vieilli, et amaigri, comme s'il était né pour la prison et qu'en sortir l'eût abîmé. Durant les trois ans passés à Saragosse, il ne l'avait jamais vu se lever de sa chaise de l'arrière-salle, et la couverture sur les genoux lui donne à penser qu'il est resté paralysé.

— Je veux un boulot honnête, lui avait-il dit alors. Je veux me blanchir, me laver de tout ça. Et il me faut un travail dur. Je suis devenu costaud au service et je veux le rester.

— Tu penses toujours à Gallego ?

Évidemment qu'il pensait toujours à Gallego.

— Te laver de tout ça, hein ? Ne te fais pas trop d'illusion, Miguel. Quand on a goûté à la musique, c'est pour longtemps. Cinq ou dix ans, ou même cent ans, n'y changent rien.

Caro lui avait trouvé du travail dans une piscine : apprendre à nager aux gamins. Non seulement il gagnait sa vie, mais il avait accès au gymnase pendant ses moments libres. Il s'entraînait à soulever des haltères, grimper à la corde et faire des abdominaux aux espaliers jusqu'à en être épuisé. Une fois Caro l'avait appelé à la pension :

— Dis-moi, Miguel, j'ai un petit travail à te confier. Un boulot peinard, avec des types qui savent ce qu'ils font…

Et lui :

— Pas question, Caro, Je veux me blanchir, je te dis. Rien d'illégal.

Un jour, dans le métro, Miguel était tombé sur un type qui lui avait bouché le passage en lui disant de façon impérieuse : « Fais mater tes paluches ». Le vieux truc. Instinctivement, Miguel lui avait offert ses paumes ouvertes, montrant par la même occasion qu'il connaissait l'argot.

L'autre avait examiné ses mains (ses paluches, ses pognes, ses patoches), et, constatant que ce n'étaient pas des mains de travailleur, avait sorti son portefeuille et exhibé sa plaque. Un flic. Miguel avait passé un jour et une nuit au commissariat. À sa sortie, il était retourné voir Caro.

— Je veux quelque chose qui me donne des mains de travailleur. Cantonnier, un truc comme ça.

Et Caro avait trouvé moyen de l'envoyer casser des cailloux sur le chantier de l'autoroute de Alfajarín. Il put entretenir une musculature puissante et harmonieuse en même temps que ses mains devinrent dures comme de l'acier. Il trouva ensuite de l'embauche dans l'entreprise de déménagement, à monter et descendre des meubles et des caisses…

Il devait tout à Caro. C'est pourquoi, bien qu'il n'ait jamais montré de reconnaissance pour qui que ce soit, Miguel prend maintenant congé de son protecteur en le remerciant :

— Je mets les voiles, Caro. Je suis venu te dire merci et je m'en vais.

— Si tu as besoin de moi, dit Caro, tu sais où me trouver.

Il tend sa main ouverte, la paume vers le haut. Miguel étreint cette main comme un gosse pendu à celle de sa mère. L'autre le tire doucement vers lui et l'embrasse sur les lèvres, en cherchant sa langue un instant. Une fois de plus, Miguel accepte le baiser en pensant à la Nena et avale sa salive en s'efforçant de ne pas manifester le moindre signe de déplaisir. « Surtout, ne pas avoir envie de rendre, se dit-il. Pas maintenant. » Ils se séparent enfin et se regardent sans rien dire.

Miguel a les larmes aux yeux en sortant du bar. Il allume une cigarette et soupire.

Il retourne à la pension, paie ce qu'il doit à doña Pascuala, ramasse ses maigres affaires et se rend à la Estación del Portillo. Le Talgo part à deux heures et demie ; il arrivera à Barcelone vers sept heures.

L'heure de la vérité a sonné. L'heure de donner la mort.

II

SAMEDI 22 JUILLET

4 h de l'après-midi

Chava et Miguel ne se voient plus depuis cette nuit où la bande fut démantelée, il y a huit ans. La nuit des coups de feu, de la panique, des larmes, des cris et la gueule de Cachas pulvérisée par une balle. La nuit où Miguel et Marujo s'étaient fait pincer par Gallego.

Chava avait été fouiller la R 12, restée un peu à l'écart du coin où les autres violaient la fille et passaient son fiancé à tabac. Il revenait triomphalement en brandissant le radio-cassette lorsqu'il aperçut la voiture de police. Il la vit arriver tous feux éteints, et observa comment deux flics en uniformes et deux autres en civil en descendaient précautionneusement, dans le plus grand silence. D'instinct, il avait jeté le radio-cassette et pris la fuite par la droite, courbé en deux entre les arbres, laissant derrière lui les coups de feu et les hurlements hystériques de Miguel. Il s'était laissé tomber le long de la pente, roulant sur les buissons épineux, avant de se perdre dans la nuit, entre les maisons isolées qui parsèment les pentes du Tibidabo.

Chava avait toujours été le plus dur de la bande. Sans doute plus que Cachas, qui en était le chef. Au point qu'une rumeur, selon laquelle il s'était arrangé pour ôter Cachas de son chemin et prendre sa place, se fit insistante, dans le quartier de la Mina. Miguel savait qu'elle était sans fondement, mais lorsque vous prenez mauvaise réputation dans le quartier de la Mina et que les flics viennent y poser des questions sur votre compte, vous avez intérêt à disparaître. Et Chava disparut.

Miguel apprit tout ça en prison, par une lettre qu'il reçut de Chava. C'était une lettre maladroite, où Chava racontait comment il s'était échappé et défendait son innocence, sans argument, manifestement dans la crainte des représailles de Miguel. Il lui confiait aussi, comme preuve de sa bonne foi et en lui enjoignant de garder le secret, qu'il avait fini par se mettre en ménage avec Carmiña, dans son bar de la calle Cortinas.

Miguel répondit par une lettre beaucoup moins prolixe.

« Je crois que tu me dis la vérité. Je voulais que tu le saches. Qu'est devenu Marujo ? Il y a 5 000 pésètes pour celui qui me dira où est Gallego, ce qu'il fait, où il habite et si c'est vrai qu'il a quitté la police. »

Lors de son service militaire, il passa son mois de permission à Barcelone dans le seul espoir de voir Chava. Il retrouva le bar, ainsi que Carmiña, mais Chava n'était plus là. Il s'était mis en cheville avec deux ou trois types, et avait bricolé par-ci, par-là, semble-t-il. Et puis il s'était fait prendre et avait écopé dix ans de taule. Depuis, Miguel n'a plus rien su de Chava, jusqu'à ce jour.

Le *Bar Julio* n'a pas changé depuis la fois précédente. L'encadrement de la porte est peint en rouge et sur l'une des vitres couverte de poussière, une main malhabile a écrit « Cuisine maison Menu 130 pts Casse-croûte » et a dessiné quelque chose qui ressemble à un sandwich. À l'intérieur, une seule table est occupée par quatre habitués qui jouent à la manille. Tout ici, depuis le zinc jusqu'aux bérets des clients, semble recouvert d'une fine pellicule marron, poisseuse et malodorante. Derrière le comptoir, tournant le dos à la salle, en manches de chemise et tablier bleu sale, Chava remplit un vieux frigo de canettes de bière. Miguel reste debout devant le comptoir, attendant que l'autre ait terminé. Chava met la dernière bouteille dans le frigo, se baisse pour enlever la caisse vide du passage, et se retourne. « Putain, comme le temps a passé », pense Miguel. « Qu'est-ce qu'on a changé, tous. »

Chava, le mioche, on l'appelait comme ça parce qu'il avait un visage de gamin ; il avait beau être le plus âgé de la bande, c'est lui qui avait l'air le plus jeune. Bien qu'il n'y eût personne capable de lui tenir tête quand il se foutait en rogne, il était petit et d'apparence inoffensive avec son air angélique. L'innocence même. Il s'approchait des étalages, en battant des paupières et, jouant les saintes nitouches comme lui seul savait le faire, distrayait les commerçants pendant que les autres raflaient tout ce qu'ils pouvaient. À le voir maintenant, on dirait que tout son être a perdu cet air de pureté, qu'il est sale jusqu'au plus profond de lui-même. De rares cheveux gras semblent tacher sa calvitie luisante. Sa bouche se plisse en une moue désagréable et les rides qui entourent ses yeux lui confèrent une expression de méfiance agressive. Son regard est devenu opaque et inexpressif. La prison et le mauvais caractère laissent des traces, on n'y peut pas grand-chose.

Chava aussi est resté comme pétrifié. Miguel, Miguelito, c'est pas qu'il avait l'air chétif, c'est qu'il l'était. Le plus grand de la bande, mais aussi le plus malingre, le plus vulnérable. Le seul qui dût avoir recours aux morsures et aux coups de griffes en cas de bagarre. On s'était mis à l'appeler la gonzesse parce qu'il lui arrivait de crier comme une fille, et puis c'est lui qui ramassait tous les coups. Mais il avait aussi été le premier, dans cette bande de gosses, à sortir un couteau, le premier à affronter Cachas avec sa lame, en hurlant : «Le prochain qui me traite de gonzesse, je le pique!» , et il avait un regard tellement étrange, résolu et menaçant, que chacun s'empressa d'oublier ce surnom et, faute d'en trouver un autre, on l'appela désormais par son nom. Mais à présent, putain… Le visage est resté quasiment le même, à peu de chose près. Les cheveux blonds, brillants, très courts, et les yeux de chat. Peut-être l'expression de la bouche… Chava note immédiatement les cicatrices qui déforment la ligne des lèvres. Ce qui a réellement changé, de façon incroyable, c'est le corps. On devine une musculature puissante sous la chemise jaune, et ses poignets, au repos sur le comptoir, sont aussi épais que ceux de Chava.

— Miguel, merde alors!

— Chava, nom de Dieu.

Chava sourit, fait une grimace. C'est bon, Miguel, ça y est, les années de pénitence, c'est fini, tu es avec tes amis, tu as besoin d'eux, ils vont te donner un coup de main. Miguel se rend compte maintenant qu'il avait peur sur le chemin du bar, peur devant la perspective de ne pas y retrouver Chava, ou de ne pas le voir sourire, de ne pas entendre ce «Miguel, merde alors!». Il est ému et sent sa gorge se nouer. Tout redevient enfin comme avant. Comme il y a huit ans. Les amis, la liberté.

Ils se serrent la main avec effusion et Chava se rend compte qu'il est ému et sourit encore plus et lui ébouriffe les cheveux de son autre main.

— Merde alors, Miguel. Nom de Dieu de merde. Qu'est-ce que tu fais par ici? Putain, qu'est-ce que tu as changé…

— Toi aussi, tu sais… Comment c'était, en taule? …

Chava regarde ailleurs et souffle. Il coutourne son comptoir sans lâcher la main de Miguel et l'entraîne vers le fond de la salle. Quelqu'un est en train de faire la vaisselle dans la cuisine.

— Qu'est-ce que tu bois ? Une bière ?

— Pourquoi pas…

Il laisse Miguel trois ou quatre tables plus loin que celle des joueurs de manille. Miguel se laisse tomber sur une chaise et se passe une main sur le visage. Tout redevient enfin comme avant, comme avant. Chava revient avec deux bières.

— Qu'est-ce que tu deviens ? Qu'est-ce que tu fais, maintenant ? demande-t-il à voix basse, pour éviter que les clients ne l'entendent. Le ton prudent de quelqu'un qui a pris l'habitude de chuchoter dans les couloirs de la prison.

— Je me débrouille. Quand es-tu sorti, Chava ?

— Ça fait deux ans. Après, ils m'ont envoyé dans la Marine. Ça fait à peine cinq mois que je suis de retour ici, avec ma femme…

— Tu t'es marié ?

— Eh, bien sûr, pardi ! Le bar appartenait à son père, et si on passait pas par monsieur le curé, pas mèche ! Bah, je m'en porte pas plus mal…

— Et Marujo ?

Chava fronce le nez et secoue la tête comme s'ils évoquaient un grand malheur.

— Il vient faire un tour de temps en temps. Il deale. Il est camé jusqu'aux oreilles.

— Et la Nena ?

Ils se regardent dans les yeux. À l'autre table, l'un des joueurs vocifère, si son partenaire avait jeté son as avant la manille, lui il aurait pu sortir le roi, puis un valet et leurs adversaires auraient été pris et la main était pour eux.

— Je ne sais rien d'elle, répond Chava. Marujo la voit de temps en temps, je crois.

— Et toi ?

Chava soupire, boit une gorgée de bière, jette un œil en direction de la cuisine.

— Je me débrouille, mais je veux pas d'emmerdes, Miguel. Quand je me suis fait gauler, ils m'ont chargé au maximum. Les empreintes digitales, tu sais ? Je les avais laissées sur le radio-cassette, le jour où Cachas s'est fait buter. Ils gardent tout, les flics. On s'est fait faire aux pattes sur un cambriolage. Une banque, tu te rends compte ? On n'a pas eu froid aux yeux.... Mais c'est là qu'ils ont tout ressorti... Des tas de coups dont je me souvenais même pas... J'ai pris dix ans, tu l'avais su ? Dix ans. J'en ai fait sept...

— Et maintenant ?

— Rien... Une petite partie de temps en temps, ici, la nuit, quand le rideau est baissé... J'achète un peu de marchandise... Je revends... J'ai quelques contacts. Mais je veux plus d'emmerdes, Miguel. Plus question de me remettre dans le bain. J'ai pas rigolé, en taule, Miguel... La peur suinte de chacun de ses mots, depuis un moment déja. Il parle en se penchant sur la table, à en toucher le marbre du menton, comme s'il était écrasé par un poids énorme. Il se décide enfin à demander : Et toi, qu'est-ce que tu deviens ?

— Je suis devenu propre, Chava. Depuis que je suis sorti du service militaire, je n'ai fait que des boulots légaux... J'ai travaillé sur une autoroute, j'ai fait du déménagement... Regarde les mains que j'ai. Je me suis refait une vie. Rien à voir avec les flics.

— Mais tu prépares quelque chose.

— Je veux que tu me planques un calibre.

Chava se retourne instinctivement vers la tablée de joueurs, puis son regard s'attarde sur la porte de la cuisine. Miguel sort le paquet graisseux de sa ceinture et le pousse vers son ami. On pourrait croire qu'il s'agit d'une main amputée sur un cadavre. Nerveusement, Chava cache le paquet sous la table.

— Qu'est-ce que tu prépares, Miguel ? demande-t-il avec angoisse.

— Je vais me faire Gallego.

— Tu es malade. Ne compte pas sur moi.

Tout à coup, Miguel semble prêt à sauter par-dessus la table. La haine déforme sa voix. Il se retient pour ne pas crier.

— Qui est-ce qui t'a démoli, Chava ? Qui t'a interrogé quand ils t'ont mis la main dessus ? Qui t'a mis la peur au ventre, Chava ? C'est Gallego, non ? C'est lui, pas vrai ?

— Non, c'est pas lui ! Lui, il était déja plus dans la police !

— C'est Gallego qui a fait son affaire à Cachas. Il lui a tiré une balle dans la tête, et Cachas avait un œil qui pendait sur la joue. Un œil qui pendait, Chava, je l'ai vu comme je te vois maintenant, à cette distance. Un œil qui pendait, et c'est Gallego… Il enfourne ses doigts tremblants dans sa bouche et en retire son dentier, dégoulinant de bave. Regarde comme il m'a arrangé, bordel de merde, c'est lui qui m'a fait ça ! …

— Ne crie pas, putain ! Et remets ça en place !

Miguel ne le fait pas, mais il baisse la voix.

— On m'a dit qu'il avait quitté la police. Ce n'est pas à un flic que je vais régler son compte, Chava.

— Tu vas régler son compte à un garde assermenté, et c'est du pareil au même.

Miguel remet sa dentition en place en haussant les sourcils.

— Qu'est-ce que tu dis ?

— Écoute, Miguel..., articule Chava en s'efforçant de se dominer. Ce qu'on raconte par ici, c'est qu'il s'est fait virer à cause de toi, à cause de la façon dont il t'a arrangé, comme tu dis... Ça a fait du bruit, tu sais ? Non, tu ne peux pas savoir, mais moi je le sais. Ça a fait un sacré chambard, et ils ont fini par le virer. Il est devenu fou. Il a même fait de l'asile et tout, à ce qu'on m'a dit. Et puis il est devenu garde assermenté, il bosse pour une compagnie de transports de fonds, dans un camion blindé, tu vois le tableau, quoi ? ...

— Pourquoi tu ne m'as pas raconté tout ça, balbutie Miguel, visiblement déçu.

— Bon, ben te voilà au courant, pas vrai ?

— Pourquoi tu ne me l'a pas dit tout de suite ?

— Écoute, laisse tomber, tu veux ? Ça revient au même. De toute façon, moi, je passe, O. K. ? Je n'existe plus, Miguel. Je te garde le calibre mais rien de plus, d'accord ?

— On en reparlera, répond Miguel avec rancœur.

Il se lève. Il a une boule au creux de l'estomac, et une grimace de haine déforme son visage. Il faut qu'il se retienne, ou cette grimace va se transformer en sanglot. Il se retourne vers Chava.

— Ne m'appelle plus jamais Miguel, dit-il, le souffle court. À partir d'aujourd'hui, tout le monde m'appellera Dientes, compris ?

Il traverse le bar à grandes enjambées, pressé d'être dehors. Une fois dans la rue, Il renifle, les yeux pleins de larmes. Merde, qu'est-ce que c'est que ces pleurnicheries ? ... Chava ne veut pas l'aider ? Qu'il aille se faire foutre. Miguel n'a besoin de personne. Dientes n'a besoin de personne. Il soupire. Bon Dieu, la solitude l'a rendu geignard ! Avant, il ne pleurait jamais. Quand Gallego te massacrait la gueule, tu ne pleurais pas, Miguel. Tu te contentais de le défier du regard, tremblant de rage. Frappe encore, fils de pute, allez, vas-y ! La solitude a fait de toi un pleurnichard, Miguel.

III

DIMANCHE 23 JUILLET

Minuit

Miguel tue le temps, depuis dix heures du soir, dans un bar situé en face du *Palmer*. Il a dîné d'un sandwich au thon et attaque sa quatrième bière. Ses lèvres articulent silencieusement une vertigineuse et féroce kyrielle d'insultes, de souvenirs et de menaces. Après une nouvelle énumération détaillée des tortures qu'il infligera au Gallego lorsqu'il aura mis la main dessus, il a enchaîné sur les malédictions concernant Chava, qu'il a rangé parmi les lâches et les traîtres, lui réservant les pires offenses qui lui soient jamais venues à l'esprit et promettant de lui régler son compte dès qu'il en aura fini avec Gallego. Il a alors évoqué Marujo, et il a décidé que c'était lui qui allait l'aider, même si ça devait être à coups de pieds dans les couilles. Puis, par quelque étrange association d'idées, il s'est mis à penser à la Nena, se demandant longuement ce qu'elle a pu devenir, tout en vouant Caro et ses baisers baveux et pestilenciels aux gémonies, et il a fini par revenir à son obsession favorite, en se disant que ce ne serait pas mal de frotter les yeux de Gallego avec du verre pilé avant de commencer à lui faire mal pour de bon.

Il s'absorbe dans la contemplation de la façade du *Palmer* et laisse échapper, de temps en temps, un mot, un bref mouvement du visage ou bien une ébauche de geste aussitôt réprimée. Au-dessus de la grande porte de bois sombre, plusieurs rangées parallèles de guirlandes d'ampoules multicolores clignotent successivement, donnant l'impression qu'elles courent d'un bout à l'autre de l'enseigne qu'elles encadrent : PALMER, en rondes lumineuses, avec un palmier rose et vert qui s'éclaire par intermittence. Un portier en costume vert fait les cent pas sur le trottoir, s'arrête de temps en temps pour ouvrir la porte aux clients qui arrivent peu à peu ou pour jeter un coup d'œil aux photos qui, dans un cadre à côté de la porte, présente les attractions de la boîte de nuit.

Miguel sort enfin du bar, traverse la rue et pénètre dans l'établissement. Sept cent cinquante pésètes. Il maudit Marujo de lui avoir donné rendez-vous dans un endroit aussi cher et qui, en plus, est sûrement surveillé par la Brigade des mœurs ou la Garde Civile. La salle, presque vide, est immense et froide. Des tables minuscules, que l'on renverse d'un souffle, et des fauteuils inconfortables, au skaï éventré exhibant des entrailles de mousse jaunâtre. La piste est un grand rectangle surélevé, faite d'un matériau translucide, avec des spots clignotants qui baignent les pieds des danseurs d'une lumière colorée. L'ensemble a plutôt l'air d'un vaste hangar laissé à l'abandon, décoré avec des objets de rebut récupérés chez un chiffonnier. Miguel demande un gin-coca. Marujo n'est pas arrivé.

Une musique rythmée, stridente, baigne le tout et, sur la piste, deux ou trois couples (des femmes potelées, des hommes dégarnis), trois rockers en blousons de cuir et quatre putes à l'air épuisé s'agitent en cadence. L'un des types chauves tente de faire le beau auprès d'une fille à

prête pas attention sur le moment, mais le public s'esclaffe et son hilarité est contagieuse car, sans crier gare, il se retrouve en train de se tordre de rire.

— Arrête, Miguel, eh, ça va bien, vieux, tu vas t'étrangler, eh, Miguel, arrête ça, répète Marujo qui ne le quitte pas des yeux.

— Et maintenant, clame l'escogriffe, je vais vous interpréter une chanson dédiée à mon animal de prédilection : « Biiite, oh ma biiite, lorsque tu souliiignes, au crayon noir tes joliiis yeux ! ... »

Et Miguel se tord.

L'homme aux blagues termine son numéro, les gens applaudissent à tout rompre, et le préposé aux effets Larsen reprend le micro, pour chanter les louanges d'une certaine Zaida,« la brune sexy du *Palmer* ». Entre alors en scène une Africaine qui effectue d'acrobatiques contorsions sur l'air de *Bésame mucho*. Miguel vide son gin-coca.

— Tu en reprends un ? propose Marujo. Allez, laisse-toi faire, quoi, c'est moi qui régale.

La mulâtresse compense la maigreur de sa poitrine par des mouvements à rendre fou un séminariste. Elle est apparue vêtue d'un truc bizarre, plein de volants et de rubans sur les manches, mais elle s'en est vite débarrassée et la voilà en costume d'Ève, écartant les jambes avec l'air de demander des volontaires. Miguel accepte la proposition de Marujo d'un hochement du menton, mais il a la tête à des années-lumière de là. Il tremble comme une feuille, le cerveau en ébullition, avec des idées qui explosent comme des bouquets de feux d'artifice. « Nom de Dieu, Gallego, nom de Dieu, des millions à prendre... Mais il ne faut pas rater son coup, vaut mieux pas... Se farcir Gallego et se faire la grosse galette... Putain, Miguel, si tu fais ça dans les règles... »

La piste continue à être envahie par des filles aux surnoms ahurissants qui dévoilent leur anatomie et chauffent le public : « La Petite aux cauchemars » , « Masque d'argent » , « La Morsure en folie » ... Le présentateur expert en interférences évoque alors « un grand couple de danse acrobatique » , et la main de Marujo serre avec force le bras de Miguel, qui attaque son troisième gin-coca. Un projecteur accroche un cercle de lumière au rideau du fond et une espèce d'épouvantail, vêtu comme un trapéziste, avec des collants argentés et des bottes de Vengeur masqué, déboule en trébuchant comme s'il s'était pris les pieds dans le tapis. En fait, il n'a pas trébuché, c'est une sorte de danse qu'il exécute. Il fait de petits bonds, lève les bras en tournant sur lui-même comme une toupie et, soudain, se rue vers le fond de la salle comme s'il avait oublié quelque chose. Une jeune femme vient à sa rencontre.

Miguel, la bouche ouverte, semble frappé par la foudre, et tous les plans échafaudés à propos de Gallego et des millions s'envolent comme s'ils n'avaient jamais existé. On dirait qu'il n'a jamais vu une femme de sa vie.

La fille porte un déshabillé blanc, dont la transparence permet d'apprécier la pointe sombre des seins, la courbe délicate des hanches, la minceur des cuisses...

— Tu la reconnais, Miguel ? Tu la reconnais ?

Miguel reste paralysé. Bien sûr qu'il a reconnu ce petit visage rond, ces immenses yeux en amande, cette grande bouche ourlée de lèvres pulpeuses. Il en pleurerait, les yeux écarquillés, lui sortant presque des orbites, posés sur elle. Et Marujo peine à contenir un éclat de rire. Ça valait la peine de faire venir Miguel ici. Il le savait bien qu'il allait passer un bon moment.

La dernière fois qu'il l'a vue, la Nena était une gamine de treize ans qui tournait autour de la bande et les encombrait plus qu'autre chose. Elle était la fille de la Coñocolgante, une tailleuse de pipes qui officiait dans les cinémas mal famés, et qui l'avait jetée sur le pavé quand elle avait cinq ans. La gosse avait vécu toute sa vie à la cloche, dormant un jour dans le taudis de l'un, le lendemain sous l'appentis d'un autre. Si on voulait la trouver, le plus sûr était de demander au Parrain, un vieux mendiant édenté et solitaire qui, entre deux cuites, acceptait de lui donner le gîte et le couvert, Dieu seul sait en échange de quelles faveurs ! C'est lui qui lui avait appris un peu à lire et beaucoup à compter, surtout de tête, en lui répétant que, lorsqu'elle serait grande, elle serait pute, qu'elle était prédestinée depuis l'enfance à devenir pute. Et lorsqu'on demandait à la Nena ce qu'elle voulait faire plus tard, elle répondait, à la grande joie des habitants du quartier, « pute ». Les gamins de la bande de Cachas toléraient sa présence en renâclant, dans l'unique souci d'avoir une tête de Turc sous la main lorsqu'ils n'avaient rien de mieux à faire. Elle avait neuf ans la première fois qu'elle les approcha, et avait provoqué l'hilarité générale, alors qu'ils lui demandaient qui elle était, en répondant « La Pute ». Quand Cachas, méprisant, avait craché : « Mais tu baises ? », elle ne savait pas ce que ça voulait dire et avait secoué tristement la tête. « Et tu te prends pour une pute ? Tu n'es rien qu'une gosse ! » Et le surnom lui était resté. Une pute est une grande personne, expérimentée et intéressante ; une gosse, en revanche, est un être méprisable. Pourtant, elle était restée aux côtés de la bande, aux côtés de Cachas, de Chava, de Marujo et de Miguel (qu'à l'époque on appelait encore, de façon tout aussi insultante, Miguelito), et elle ne les quittait pas malgré les quolibets et les blagues douteuses, parce que leur rire était plus innocent, plus drôle, plus près d'elle que celui des adultes.

« Montre-nous ta petite chatte, Nena » , lui disaient-ils, et elle soulevait sa blouse grise mangée de crasse et riait avec eux. Elle ne portait jamais de culotte.

En dehors de ça, ils l'ignoraient complètement. À l'époque où elle n'avait que dix ans, Cachas se faisait déja deux filles du quartier, dont une mariée, et ça lui donnait un ascendant considérable sur les autres. Chava, lui, fréquentait les putes du barrio Chino, qui exerçaient sur lui une fascination ancienne. Il avait toujours considéré le barrio Chino comme une sorte d'objectif dans l'existence. « Vous verrez les mecs, répétait-il, bientôt, quand je passerai calle San Pablo ou calle Las Tapias, les gens applaudiront. » Quant à Marujo, il se contentait de rire, il riait de tout et de tous, et de la Nena avant tout, et ne paraissait pas particulièrement préoccupé de baiser qui que ce soit. On ne l'appelait pas pour rien « Le roi de la branlette ». Il n'y avait que Miguel qui s'intéressait à la Nena. Il lui offrait une cigarette, ils parlaient un peu, ils se regardaient. Ça n'allait pas plus loin, pas question de la toucher, parce qu'il se serait ridiculisé, discrédité auprès des autres. « Enfile-la, mec, elle demande que ça » , s'esclaffaient-ils.

Un jour, dans un terrain vague, elle lui avait demandé devant tout le monde : « Si tu veux, je te la suce, Miguel. » Alors, lui, avec un air de supériorité et de défi, avait sorti ses attributs : « Eh ben vas-y, qu'est-ce que tu attends ? » La Nena, obéissante, s'était mise à la tâche, et les autres s'étaient écroulés de rire, et Miguel, rouge de confusion, avait attrapé la Nena par les cheveux pour la séparer de lui : « Enlève-toi de là, tu as encore beaucoup à apprendre ! » La Nena avait éclaté en sanglots, tandis que les autres continuaient à se payer leur tête. « Non mais, regardez-moi ce bêcheur ! Alors lui, si c'est pas Ursula Andress ! ... » Depuis ce jour, la Nena se pendait au bras de Miguel en lui demandant à voix basse : « C'est vrai que ça ne t'a pas plu, Miguel ? Tu bandais, tu sais... » Et Miguel répétait : « Arrête ça ! »

La dernière fois qu'il l'avait vue, la Nena avait treize ans. Lui en avait dix-sept et il était l'amant d'une veuve de l'avenida Montserrat qui lui faisait des cadeaux. C'est à ce moment que Gallego l'avait pris, et mis en taule. À chacune des visites que lui faisait son frère, il demandait des nouvelles de Marujo, de Chava et de la Nena. Son frère lui rapportait les derniers potins concernant la veuve. Elle se serait mise avec un électricien, elle ferait la pute. Miguel n'en avait rien à cirer, de la veuve.

— Et de la Nena, quelles nouvelles ?

— Rien. Elle a disparu du quartier. Sa mère est morte.

Et à présent l'épouvantail déguisé en trapéziste attrape la Nena par la taille, la soulève et la fait tourner au-dessus de sa tête. Mais, Seigneur, cette fille au cuisses de publicité pour porte-jarretelles, c'est bien la Nena ? Rien qu'à regarder ces jambes parfaites, c'est le délire. La Nena, un corps pareil ? Son partenaire semble vouloir la fracasser contre le sol, mais elle évite miraculeusement le choc, passe entre les jambes du type et se pose sur la piste en une longue glissade, en grand écart, ses cuisses splendides formant un angle de cent quatre-vingts degrés. Alors, comme prise d'une inspiration supérieure, elle défait le déshabillé, découvrant une poitrine magnifique. Puis elle se remet debout, avec une souplesse féline, jette de côté le mince vêtement et s'exhibe dans une entière nudité, à un petit triangle près, qui scintille de toutes ses paillettes sur le bas-ventre. Le trapéziste-danseur se jette sur elle, passe une main entre ses jambes et, la soulevant à bout de bras, fait une nouvelle tentative pour la briser contre le sol, aussi vouée à l'échec que la précédente.

Miguel, pétrifié, hypnotisé par le spectacle, dédie à l'épouvantail masqué une de ces longues péroraisons mentales dont il a le secret. «Enfant de putain, si tu touches à un seul de ses cheveux, je te pique, et si tu continues à lui mettre la main comme ça, je t'éclate la tronche, putain de merde, elle va se cogner contre le projecteur, je vais te bouffer les couilles, espèce d'enculé...» Quelle poitrine, la Nena, bordel de Dieu ! Exubérante, des seins parfaitement ronds, durs, qui sautent au rythme de ses mouvements, c'est un blasphème des seins pareils sur un corps aussi jeune et innocent. Les mamelons orgueilleux, dressés vers le ciel, semblent narguer les spectateurs : «Ça vous dirait, hein, tas de baveux ?» Des petits mamelons sombres. Miguel écluse son verre d'un trait. Ses yeux dévorent avec une avidité angoissée chaque centimètre de ce corps gracile. La taille mince, les hanches délicates, les jambes sans fin... Nom de Dieu de nom de Dieu de nom de Dieu, se répète Miguel, entre deux bordées d'insultes à destination du Grand Manfred.

Marujo, qui ne dit rien, se contentant de rire, silencieusement, tout congestionné, les épaules secouées par un mouvement convulsif, se lève et va jusqu'au comptoir pour échanger deux ou trois mots avec le barman. Il en profite pour commander un autre gin-coca pour Miguel.

Sur la piste, les deux danseurs se tiennent maintenant par la main, les bras en croix. Brusquement, le trapéziste argenté attire vers lui sa partenaire qui, tournant sur elle-même, s'enroule dans les bras de l'homme puis, d'un bond gracieux, se retrouve juchée sur lui, les jambes entourant sa taille déformée par les bourrelets. Tous deux se mettent alors à tournoyer comme des toupies, et le type en profite pour fouiller dans les rubans qui ceinturent les fesses de sa partenaire. Miguel allume une cigarette d'un geste rageur et serre les dents, redoutant ce qui va suivre. Un saut périlleux arrière, et la Nena se retrouve en train de danser, tandis que son partenaire brandit le petit triangle de paillettes, comme si le mérite de la beauté de la jeune femme lui revenait entièrement. Celle-ci se contorsionne tout autour de la piste, pour que le public la voie de près, s'arrêtant de temps en temps, les reins cambrés, pour passer une main lascive sur le délicieux petit triangle de sa toison noire.

Miguel se dit que ça ne lui plaît pas, tout ce cirque, qu'elle n'a pas le droit de faire ça, Nena, espèce de salope, je ne me suis pas farci huit ans de cabane pour te voir montrer ton abricot à tout le monde, pétasse, je vais te dévisser la gueule, pute de merde, tu vas voir les claques que tu vas prendre, putain de bas quartier, huit ans à penser à toi...

La Nena se retrouve au centre de la piste, s'étend sur le dos, en écartant bien les cuisses, « allez, vas-y, montre-la mieux, ta chatte, bordel de merde, au cas où on l'aurait pas bien vue ! » et le trapéziste adipeux s'allonge alors sur elle, en s'installant soigneusement entre ses jambes, « il va la baiser là, comme ça, cet enculé de tapette de merde ! », et ils commencent à se contorsionner au rythme d'une musique qui s'éteint peu à peu, à l'instar de la lumière, jusqu'à ce que l'établissement se retrouve plongé dans l'obscurité et dans un silence poli, « qu'est-ce qu'ils foutent, ces deux porcs, sans lumière ? ... » , et puis soudain les lumières rouges, jaunes, bleues, de la piste se rallument, et les deux danseurs sont là, debout et radieux, à saluer un public qui applaudit sans enthousiasme excessif. Alors la colère de Miguel se retourne contre ces têtes de lard trop béotiens pour reconnaître et apprécier la qualité du numéro. « Bien sûr, vous avez rien fait d'autre que lui compter les poils du berlingot, tas d'enfoirés ! Vous vous rendez pas compte que c'est la meilleure danseuse d'Espagne ? » Et il se met à applaudir à tout rompre, frénétiquement, avec tant de force qu'il n'entend même pas les éclats de rire de Marujo à côté de lui. En même temps, ses applaudissements retentissants ont attiré l'attention de la jeune femme, dont le regard brillant et serein croise le sien l'espace d'un instant. Miguel sait alors qu'elle l'a reconnu et continue à battre des mains, seul, alors que les applaudissements ont cessé, et putain de Dieu, tu vas voir de quel bois je me chauffe, espèce de salope.

En prison d'abord, puis au service militaire, Miguel avait découvert avec angoisse que son érection était devenue insuffisante, de jour comme de nuit, même devant des photos suggestives, même en se rappelant la folie de cette fameuse nuit sur la route de Vallvidrera, qu'il avait passée à pétrir les seins de la fille qui taillait une pipe à Cachas. Encore moins pendant les attouchements que Caro lui prodigait lorsqu'ils se retrouvaient seuls dans leur cellule. Mais en taule et à l'armée, il y a la légende du bromure, on t'en met dans la nourriture pour t'empêcher de bander, et Miguel avait fini par ne plus se faire de souci à ce propos. Il s'était convaincu que son grand amour, c'était la Nena, cette petite moutarde de treize ans qui ne portait pas de culotte sous sa blouse grise et crasseuse. Il y eut des nuits qu'il passa à pleurer en pensant à elle, et d'interminables implorations, prononcées les dents serrées, consacrées à lui demander pardon. « C'était bon, Nena, tu sais, mais les autres étaient là, à se foutre de nous, et j'ai pas été capable de les envoyer paître... » Et te voilà de retour à Barcelone, Miguel, avec la Nena dans un coin de ton cerveau et tu tombes sur elle, et cette fille, Seigneur, qu'elle est belle maintenant, une beauté... qui montre son corps à tous vents, nom de Dieu de salope, on ne peut pas te faire ça à toi. Miguel.

La musique de pingouins noyée d'interférences a repris possession de l'endroit, mais ça ne dure pas ; le spécialiste en effets Larsen s'empare à nouveau du micro et s'évertue à convaincre le public qu'il est l'heure pour chacun de regagner ses pénates.

— Je veux voir la Nena ! proteste Miguel, comme un gosse, en se retournant vers Marujo.

— Elle arrive.

Elle arrive en effet, l'air plus naturel, un peu moins grande que lorsqu'elle bondissait sur la piste, perchée sur les talons aiguilles de ses escarpins noirs, vêtue d'un pantalon blanc moulant et d'un chemisier qui fait outrageusement ressortir sa poitrine. Ses longs cheveux brillants retombent en vagues noires satinées sur ses épaules, et sa mèche coupée droit met en valeur son visage rond, ses yeux innocents et pleins d'illusions, sa grande bouche couverte d'un rouge intense, son sourire éclatant.

Miguel se lève et ils restent l'un en face de l'autre sans savoir quoi dire. C'est Marujo qui rompt le silence.

— C'est pas beau ça, Nena ? Miguel débarque à Barcelone et qui il vient voir en premier ? Eh ben, dites quelque chose, bordel !

Et Miguel est tout surpris quand la Nena se jette dans ses bras, l'embrasse sur la joue et se serre contre lui.

— Miguel, mon Miguel, qu'est-ce que j'avais envie de te voir ! s'exclame-t-elle avec un accent des profondeurs de l'Andalousie. Ça fait si longtemps, tu aurais pu donner de tes nouvelles, espèce de salaud !

Miguel ouvre la bouche parce que l'air lui manque, et pousse un long soupir. Il sait qu'il devrait dire quelque chose, qu'il devrait la serrer dans ses bras avec le même élan qu'elle, mais il est incapable d'articuler un mot…

Il place ses mains sur les hanches de la fille, les doigts lui brûlent au contact de cette taille si fine, il sent la charpente de ce corps à fleur de peau, Seigneur… Il s'écarte d'elle, il est heureux, elle est là, il a envie de rire, mais reste calme, Miguel, c'est cette pute qui, tout à l'heure, sur la piste…

— On ne m'appelle plus Miguel, maintenant, Nena. On m'appelle… et il regarde Marujo, on m'appelle Dientes.

La main de la fille, aux ongles soigneusement laqués d'incarnat, caresse son menton en suivant précautionneusement la ligne blanche de chacune de ses cicatrices.

— Mon pauvre chéri… Qu'est-ce qui t'est arrivé, Miguel ? murmure-t-elle, avec une peine sincère.

Miguel pousse un nouveau soupir. Que dire maintenant ?

— Tu es superbe, Nena.

Elle sourit et, dans ses yeux châtain, comme un cri de joie et de triomphe, passe l'éclair d'un souvenir, l'après-midi où elle avait offert sa bouche à Miguel, d'une promesse, être à présent à la hauteur, et d'une illusion, obtenir ce qu'elle désire le plus au monde, reprendre une relation qui s'était interrompue avant même de commencer.

— Bah, c'est que tu me regardes avec les yeux de l'amour.

Miguel ne s'était jamais senti aussi plein de vitalité, c'est comme une vibration qui lui gonfle les poumons. Mais il se racle la gorge et balbutie :

— Bon, ben on y va, on a pas mal de choses à se dire, Marujo et moi. On se revoit bientôt, Nena.

La flamme des yeux châtain s'éteint, noyée par la surprise, la tristesse et le dépit.

Miguel tourne les talons nerveusement et s'éloigne.

— Allez, Marujo, il faut qu'on cause, toi et moi.

L'interpellé court derrière.

— Mais enfin! ... Mais tu ne vas pas? ... Je croyais que...

Ils se dirigent vers la sortie du hangar aux rideaux rouges, saluent le portier costumé de vert et se retrouvent dehors, respirant à pleins poumons. Non loin d'eux, la bande aux blousons de cuir est plongée dans une discussion plutôt bruyante. Miguel attrape Marujo par le revers de sa veste et siffle entre ses dents :

— Y a autre chose à faire d'abord, bordel! Je vais me faire Gallego et le fourgon avec! Marujo sourit, regarde le sol en hochant la tête. Et tu vas me donner un coup de main...

— Pas de problème, Miguel, tu peux compter sur moi. Pas pour donner l'assaut au fourgon, mais...

Miguel montre les dents comme un chien enragé.

— Je t'ai dit de m'appeler Dientes, putain! Je ne veux pas qu'on sache que je suis à Barcelone! Je suis Dientes! Ni Miguel, ni Tartempion, Dientes! ... Tu as compris? ...

— O. K., mec, ça va, pas la peine de te mettre pas dans un état pareil. Marujo le regarde avec une lueur de défi dans les yeux. J'ai tout préparé, Mig... Dientes. Pourquoi tu crois que j'ai pris la peine de mettre la main sur Gallego, de chercher tous ces renseignements. Tu crois que c'est seulement pour toi? Ecoute, vieux, moi aussi je suis tombé entre les pattes de Gallego, et il y a pas été de main morte. Moi aussi, je veux une revanche. Il baisse la voix. Je t'ai tout préparé. Je peux pas me mettre plus dans le coup, mais ça vaut mieux pour toi. Les flics me serrent de près, tu peux me croire, vieux. Mais je t'ai préparé quelque chose. Tu verras. Trois copains. Trois jeunes qui en veulent. Je ne leur ai encore rien dit, mais je les connais bien, et je sais ce qu'ils valent... Écoute, mec, réfléchis un peu, si on se met dans le coup, Chava ou moi, et qu'on a un pépin, les flics remonteront aussi sec jusqu'aux autres. Alors que si tu fais le coup avec ces trois jeunes qui savent pas qui tu es... Tu comprends? ...

Miguel contemple la pointe de ses souliers, regarde Marujo, inspecte les alentours, déglutit.

— Je peux les voir quand?

— Laisse-moi un peu de temps. Disons... mercredi, à neuf heures. Où tu voudras.

— Au bar de Chava.

— Ça va pas? Laisse Chava en dehors de ça. On ne peut pas lui faire confiance.

— T'occupe pas. Fais ce que je te dis.

— Mais Chava ne voudra jamais...

— Chava était un ami de Cachas, tout comme toi et moi, et il va se mouiller là-dedans parce que c'est moi qui vais le lui demander.

— O. K., c'est toi qui commandes. En tout cas, tu sais que tu peux compter sur moi. Comment je fais pour te trouver?

— Ça, c'est pas ton problème. Toi, tu vois ces trois types, tu leur fais un petit tableau de l'affaire, fais gaffe, hein, tu leur parles de quelqu'un qui s'appelle Dientes, motus sur moi... Moi je vais... tu dis que le lundi, Gallego sort...

—... À sept heures et demie du siège de *Transecur*, calle Baza. Une petite rue qui prend sur le boulevard de ceinture, près du métro de la Bordeta...

Tandis que l'un explique à l'autre comment se rendre là-bas, leur visage se fend d'un sourire de plus en plus large, de plus en plus radieux, comme s'ils étaient en train de signer un contrat. Ça faisait combien de temps, Miguel, combien de temps que tu n'avais pas eu, comme à fleur de peau, cette sensation de confiance en regardant un type, un ami retrouvé, putain qu'on se sent bien avec un pote ?! Huit ans, ça fait beaucoup de temps, Miguel, mais c'est fini maintenant, tout redevient comme avant.

IV

LUNDI 24 JUILLET

3h20 du matin

Le premier souci de Miguel, aussitôt débarqué à Barcelone, le samedi matin, fut d'aller acheter un coupe-ongles et un couteau à cran d'arrêt. Les deux objets sont pour lui hautement symboliques. La preuve tangible que le Miguel soumis, l'incarcéré, la jeune recrue ont à tout jamais cessé d'exister. Lorsqu'il était arrivé à la caserne, on lui avait dit que faire son service militaire, c'est accrocher ses couilles au mât du drapeau. Eh bien, le moment est venu de les descendre de là et de les remettre à leur place.

La Ford Fiesta est garée dans une des étroites et sombres ruelles qui débouchent sur la ronda San Pablo. Elle a deux roues sur le trottoir et bouche le passage des piétons, comme toute la longue file de voitures qui envahit la rue. Pourquoi choisir celle-là plutôt qu'une autre ? Parce qu'il s'agit d'un modèle utilitaire, comme il y en a des centaines d'autres, et qu'il passe inaperçu. Parce qu'il a l'air soigneusement entretenu à l'intérieur, avec ses couvertures colorées sur les sièges et les photos de famille sur le tableau de bord, et que c'est le signe d'un moteur en parfait état. Le propriétaire, homme propre et ordonné, doit être en train de dormir tranquillement dans quelque appartement du pâté de maisons, sans crainte des amendes car il se lève tôt et démarre le matin avant que la police municipale ne soit entrée en action.

La petite lime du coupe-ongles vient sans peine à bout de la serrure, et le couteau tranche avec facilité les câbles électriques qui permettent de mettre le contact. Le moteur ronronne, bien au point. Le réservoir est pratiquement plein. Un premier coup de volant sec, suivi d'un second plus brutal, quelque chose cède, la direction est débloquée. Miguel embraye, manœuvre en douceur pour quitter le trottoir et se perd au bout de la ruelle. Parfait. Le tout en moins de cinq minutes, un rictus de satisfaction : il n'a pas perdu la main.

Miguel se rappelle le bon vieux temps en parcourant les rues de la ville. Il respire avec sérénité l'air frais de la nuit, avec la sensation d'en être le maître. Quelque chose à quoi il avait renoncé durant huit années, préférant rester enfermé chez lui, étendu sur son lit les yeux ouverts, à fumer et à proférer les pires insanités : il savait que la nuit est tentatrice, qu'elle enivre et pousse à agir de façon totalement irrationnelle. Mais cette époque-là est révolue et Miguel se jette dans les bras de la nuit comme s'il s'agissait d'une maîtresse. L'euphorie le gagne, il brûle un feu rouge ou deux et éclate de rire en entendant les coups de freins indignés. Puis il se raisonne et décide de conduire avec prudence. Ce n'est pas le moment d'avoir un accident ou de se faire contrôler par la police. Des choses plus importantes l'attendent.

La ville respire d'une certaine façon jusqu'à trois heures du matin, et d'une manière différente ensuite. Les noctambules qui sortent des bars et des boîtes de nuit, les couples qui prennent congé les uns des autres après un spectacle porno incertain, les amoureux qui s'embrassent goulûment, toute cette excitation de caresses nocturnes à fleur de peau donne aux petites heures de l'aube un parfum particulier. La ville est déserte et tout à coup, en divers points stratégiques, apparaissent des groupes, les uns silencieux, les autres plongés dans d'interminables discussions, chuchotées ou bruyantes. Ils s'égaillent dans les rues alentour, à la recherche de leur voiture, ou d'un taxi, et rien n'est plus amusant que d'essayer de deviner à quoi ils pensent, ce qu'ils projettent, ce qu'ils vont faire ensuite.

Avant trois heures du matin, en dehors des Ramblas et des ruelles voisines, Barcelone est une ville abandonnée, déserte. Les habitants restent chez eux, à regarder la télévision. S'ils sortent, c'est qu'ils ont déjà un but : le cinéma, le théâtre, une soirée dansante… Il est rare que les gens sortent dans la seule intention de faire une promenade. Ceux qui veulent simplement se dégourdir les jambes, ou prendre un verre en regardant le spectacle de la foule, se retrouvent sur les Ramblas, noires de monde à toute heure du jour et de la nuit. Les Barcelonais recherchent la foule, de préférence sur cette artère qui draine à peu près toute la population de la ville. Tous en chœur à jouir du même spectacle, celui des autres. Sinon, mieux vaut rester chez soi. Et après la fugace résurrection matinale, à trois heures, la vie s'éteint. Barcelone redevient une ville fantôme, noire et imposante. Ça ne serait pas mal de se mettre à la recherche d'une bande de casseurs en train de se faire une boutique quelconque, se dit Miguel. Mais il abandonne l'idée et enfile pour la seconde fois le paseo de Gracia. Subitement lui est venue une bien meilleure idée.

Il remonte l'avenida Diagonal, passe la plaza Calvo Sotelo et tourne à droite. L'immense parking qui entoure le *Métamorphose* est toujours là, plongé dans l'obscurité. La discothèque n'est pas fermée depuis longtemps. Il y a encore quelques voitures en stationnement, comme des fauves sur le qui-vive. Miguel éteint les lumières de la Ford qui, se confondant avec eux, progresse lentement, en seconde.

Ce jour-là, la boîte était ouverte quand ils étaient arrivés. Cachas s'était fourré dans le crâne l'idée de se faire une fille de la haute. Les autres se marraient et suivaient le chef juste pour voir comment il allait s'y prendre. Le videur du Métamorphose *les avait refoulés à l'entrée. « On est complet », avait-il dit. Et pourtant il avait laissé passer ensuite des couples en smoking et manteau de fourrure. Les quatre amis s'étaient retirés dans un coin éloigné du parking.*

C'était où, Miguel ? Dans ce coin-là ? Plutôt celui-ci…

Cachas était furieux. Il tremblait de rage et répétait comme un leitmotiv qu'il allait s'en envoyer une, une de ces gonzesses à pognon, sur la tête de ma mère. C'est alors qu'il avait aperçu le couple de la R12.

Tu cherchais quelque chose de précis, Miguel ? Non, il est venu jusqu'ici sans but particulier, mais il est tombé sur quelque chose qui lui plaît. Il arrête la Ford et observe, un sourire aux lèvres. D'abord, juste un mouvement furtif dans l'Alfa Romeo blanche garée un peu plus loin. Puis des voix. Deux personnes. Des murmures étouffés, le petit rire stupide d'une femme.

Avant même de s'être rendu compte de ce qu'il est en train de faire, Miguel est descendu de la Ford Fiesta. Dissimulé par les ombres, il s'approche à pas feutrés de l'Alfa Romeo, dont les occupants parlent en catalan.

— *Fem-ho aquí, Moni, fem-ho aquí…*

— *No, no, no… Estás boig…*

— Nena, que jo haig de tornar a casa aquesta nit… Moni, si te plau…

Le couteau est dans la main droite de Miguel. On dirait que ses couilles ont cessé d'être en berne. D'un mouvement brusque et précis, Miguel ouvre une portière arrière de la voiture et s'engouffre à l'intérieur. Claquement sec du cran d'arrêt. Il empoigne les cheveux blonds, poisseux de laque, tire férocement en arrière, pose la lame sur le cou de la jeune femme, qui pousse un cri étouffé. Le type a retiré instinctivement sa main du décolleté.

— On se tire d'ici, rugit Miguel. Magne-toi, enculé, on se casse.

L'autre fois, ça ne s'était pas tout à fait passé comme ça. Ils avaient abordé le couple avant qu'il ne monte dans la R12, et ils s'étaient entassés à six, eux quatre plus les deux victimes, dans le véhicule…

Le propriétaire de l'Alfa Romeo a environ cinquante-cinq ans et une brillante calvitie soulignée par une couronne de cheveux poivre et sel. C'est un homme replet, d'une élégance bon chic : veste à carreaux sur une chemise crème et un foulard noué autour du cou. Il regarde Miguel d'un air inconsolable et suppliant. La blonde a ravalé son cri initial et halète de façon saccadée, comme en plein orgasme. Ses grands yeux verts, de véritables émeraudes, fixent le toit de la voiture. Elle ne se risque même pas à ciller. Elle se contente de déglutir et, à chaque fois, son cou exerce une légère pression sur le couteau. Sa robe blanche, avec un décolleté en V suffisamment profond pour qu'on constate qu'elle ne porte pas de soutien-gorge, est remontée jusqu'en haut des cuisses. C'est une de ces femmes qu'on ne rencontre que dans les magazines.

— Non… Écoutez…, balbutie le gros.

— Ferme-la et démarre, allez, magne. Tu prends la route de Vallvidrera, et au moindre geste, je découpe ta pouffiasse.

— Donne-lui de l'argent, gémit la blonde.

— Je vous donne tout ce que j'ai sur moi… Laissez-nous…

— Tu parles que je vais vous laisser. Démarre, enculé. Tu vas comprendre ta douleur… Tu te doutes bien de qui m'envoie, non ? ajoute Miguel, pris d'une inspiration subite. On finit toujours par payer ses dettes… Maintenant tu vas passer à la caisse, c'est moi qui te le dis… Ce que tu dois à mon pote, plus ma commission pour m'avoir obligé à m'occuper de toi…

— Écoutez… c'est une erreur…

L'Alfa Romeo a démarré. Il remontent la Diagonal, par la contre-allée et prennent l'avenida de Sarriá. Miguel se remémore ce que disait Cachas la fameuse nuit et répète les mêmes phrases.

— Et fais gaffe, pas question de rester en phare, ou de laisser ton clignotant pour attirer l'attention… On est trois potes en train de passer une bonne soirée…

Miguel refrène un éclat de rire. Il se sent fort comme jamais. Sa main tremble et la lame se love davantage contre ce cou lisse et gracile, où l'on a envie de planter les dents. Un millimètre de plus et ça va saigner… L'expression lui plaît.

— Magne-toi, bordel, si j'appuie encore un peu, ça va saigner. Tu n'as jamais vu les porcs à l'abattoir, ou les veaux, on les pique là, et le sang jaillit, ça fait un jet comme d'ici à là où tu es ? …

— Ne réponds pas, Lolo, gémit la blonde, qui n'ose même pas éclater en sanglots.

— Ta gueule, petite pute de merde ! Tu veux faire croire que ça te dégoûte, hein, alors que tu es tout excitée. Regarde comme tu mouilles ! Pas vrai, Lolo, qu'elle mouille ? Réponds, pédé ! ...

— Non... Oui... Oui, oui... Qu'est-ce que vous voulez ? Je ne comprends pas ce que vous me voulez, je ne dois rien à personne...

Ils quittent Sarriá et attaquent les premiers lacets de la route de Vallvidrera.

— Roule-moi une pelle, toi, ma belle.

La blonde ne se fait pas prier. Elle colle ses lèvres enduites de rouge sur celles de son agresseur et, sans qu'il soit besoin de lui en demander davantage, introduit sa langue jusqu'au fond de sa bouche, dont elle caresse anxieusement chaque recoin. Sa poitrine est comme secouée par une houle et, avec la tête aussi rejetée en arrière, ses seins tendent de façon provocante le tissu léger de sa robe, qui menace de rompre sous la pression des mamelons dressés comme des lances, et tout ça est à Miguel, Seigneur, c'est à lui et à lui seul et cette fille a l'air plus excitée qu'une chienne en chaleur.

— Arrête ça ! aboie Miguel en s'écartant. Une impulsion le fait cracher avec mépris au visage de la blonde, qui réprime un haut-le-cœur. Arrête ça, salope, mais tu as le feu au cul, ma parole ! Tu mouilles ! Tu te rends compte, Lolo, c'est pas une chatte, qu'elle a, c'est un arrosoir ! Retiens la leçon, pédé ! Tu menaces de lui faire une boutonnière et cette pute grimpe aux rideaux !

— Je me sens mal... Je suis malade... S'il vous plaît... Il faut qu'on s'arrête... On va se tuer... balbutie l'interpellé.

— Si tu fais mine de ralentir, c'est moi qui vous règle votre compte à tous les deux, pédé de merde...

Sur la droite de la route, s'ouvre un chemin de terre qui serpente entre les arbres du coteau.

— Freine ! Là ! Prends ce chemin, là ! O. K.... On est arrivé... Arrête-toi, maintenant. Arrête, bordel !

Ça s'est passé là. Huit ans auparavant, quand Cachas voulait s'envoyer une fille de la haute. Une chaude journée de juillet comme aujourd'hui. Il ne reste pas une seule trace de ce qui s'est passé.

L'Alfa Romeo s'arrête brutalement. Lolo sort de la voiture comme s'il prenait la fuite et étreint le premier arbre qui se présente, on dirait Cachas quand il a pris cette balle dans la nuque.

— Où tu cours, comme ça, ?

— Lolo, Lolo, il va me tuer !

Mais le type est en train de rendre tripes et boyaux, secoué par de formidables haut-le-cœur. Miguel sait qu'il lui faut agir vite, maintenant. Sans lâcher sa victime, il ouvre la portière de son côté et descend de la voiture.

— S'il vous plaît ! Par pitié ! Vous me faites mal ! gémit-elle.

Il ouvre la portière avant, côté passager, lâche les cheveux de la jeune femme et lui colle la pointe du couteau sous la mâchoire. Au bord des larmes, avec cette respiration haletante et ses yeux verts exorbités par la terreur, elle est superbe.

— Lolo, espèce de pédé ! Tu sais que c'est un nom de pédé, ça, Lolo ? Pas vrai, ma belle, qu'il est pédé comme un phoque, ce mec ? T'arrives à le faire triquer, lui ? La blonde est incapable d'articuler un mot. Lolo, jette ton portefeuille sur le siège avant ! Magne-toi, saloperie de pédé que tu es !

Il s'empare à nouveau de la chevelure de la blonde, s'acharne à la tirer derrière lui jusqu'à l'arbre auquel s'agrippe Lolo. Celui-ci a tiré son portefeuille de sa poche et le lance sur le siège de la voiture.

— Ta montre !

Le gros s'exécute d'un geste mécanique. Son regard se dérobe, il a honte et, redoutant la prochaine nausée, n'ose pas se redresser.

— Tes fringues aussi ! Toutes tes fringues, putain !

Miguel, assis à califourchon sur la fille, la tenait en respect, le couteau sur sa gorge. Il avait passé sa main libre dans l'échancrure de son corsage et lui malaxait la poitrine par-dessous le soutien-gorge. Cachas avait exigé qu'elle lui fasse une fellation et elle s'exécutait, secouée par les sanglots et les nausées. Marujo, un peu plus loin, abreuvait son fiancé de coups de pied, en riant. Le jeune homme était roulé en boule sur le sol et ne réagissait plus. Miguel était sur le point de jouir, il triturait de ses doigts tremblants les mamelons de cette fille et, Seigneur ! il aurait dû en profiter davantage, la prendre par-derrière... Mais c'était Cachas le chef et c'est à lui que revenait la part du lion. De toute façon, Miguel n'avait jamais autant pris son pied, « Espèce de salope, tu es à moi... » , à deux doigts d'éjaculer, sa vue se troublait, son esprit était traversé par des images excitantes, « Il me suffit d'appuyer un peu plus et je te saigne... ».

Lolo quitte sa veste, la jette à l'intérieur de l'Alfa. La chemise couleur crème, le mouchoir... Il se retrouve en tricot de corps.

Et c'est alors que la foudre était tombée, des lumières

s'étaient allumées, des cris «Police! On ne bouge plus!», la débandade. Marujo avait poussé un hululement hystérique : «Les fliiiics!». Miguel avait lâché la fille et pris ses jambes à son cou. Dans l'affolement et la précipitation, il avait heurté Cachas de l'épaule et tous deux avaient déboulé sur la pente, s'écorchant aux pierres et aux buissons. Et puis, sans sommation, crac, crac, crac, avaient retenti ces claquements dont Miguel ignorait jusqu'alors qu'il s'agissait de coups de feu. Des sifflements à leurs oreilles. La tête de Cachas, à côté de lui, avait produit un bruit étrange, éclaboussant le visage de Miguel d'une substance humide et chaude. Il s'était retourné, «Cours, bordel, cours!», mais Cachas était à genoux, ses bras agrippés autour d'un tronc d'arbre. Il ne bougeait plus, il avait un œil qui pendait hors de son orbite, de son nez s'écoulait un liquide visqueux et noir, à la lumière incertaine des lampes-torches, c'était visqueux et noir. Et Miguel s'était mis à crier, et à pleurer comme il ne l'avait jamais fait jusqu'alors. Il n'aurait pas hurlé plus fort si on avait essayé de lui arracher un bras. «Non, Cachas, non!...» Quelqu'un l'avait attrapé par la manche et forcé brutalement à se retourner, en l'aveuglant d'un puissant faisceau lumineux. Miguel avait senti ses jambes se dérober sous lui et s'était effondré, le nez en avant. Le type qui l'avait attrapé par la manche, c'était Gallego.

Miguel se débarrasse de la blonde d'une bourrade, un cri, des sanglots, et envoie son poing gauche, de toutes ses forces et de toute sa fureur, dans l'estomac de Lolo. Instantanément, le gros homme crache un nouveau vomissement et, incapable de se défendre, recule, plié en deux, jambes écartées. Exactement comme s'il attendait, comme s'il réclamait ce coup de pied féroce qui vient s'écraser sur son entrejambe. Lolo s'affale de tout son long et se roule par terre en sanglotant. Miguel rajoute deux coups de pied méchants à destination de la fille qui rampe dans sa robe blanche de l'autre côté de la voiture. Pour quelques sanglots de plus. Il s'installe au volant de l'Alfa Romeo, qui démarre au quart de tour, tout fonctionne toujours au quart de tour chez les gens qui ont les moyens, et fait marche arrière à toute vitesse. Il reprend la route de Vallvidrera, en direction du sommet de la colline, aspire profondément et expulse l'air de ses poumons avec force. Enfin. Voilà ce qu'il attendait depuis si longtemps ! Je vous emmerde, tous autant que vous êtes ! Enfin, tout redevient comme avant ! Qu'est-ce qu'ils se figuraient, tous ces enfoirés de pédés ? Que tu t'étais vraiment rangé pendant ces huit saloperies d'années ? Qu'ils t'avaient domestiqué ? Eh bien, ils vont voir, maintenant, ils vont comprendre…

7h30 du matin

Après avoir garé l'Alfa Romeo sur le Tibidabo, près de la basilique, Miguel fit l'inventaire du butin. Le portefeuille contenait trois coupures de cinq mille, cinq de mille, une de cinq cents et trois de cent. Plus des cartes de crédit et la photo d'une grosse bonne femme à côté d'un jeune homme en uniforme de sous-lieutenant. Dans les poches de la veste, un chéquier, des clés, un agenda et de la monnaie. Rien, des merdes. La montre était curieuse, d'une marque inconnue : Baume-Mercier. Avec un double cadran et deux paires d'aiguilles indiquant des heures différentes. Elle était de couleur noir et or et on aurait dit de la camelote mais le Lolo n'était pas le genre de type à porter de la verroterie. Et la breloque n'aurait pas porté non plus, gravé sur le boîtier, une dédicace pareille – « À mon Manuel avec tout l'amour de sa Beatriz, 12 IX 53/12 IX 78 » – si elle n'était pas en or massif.

Avec la chemise crème, Miguel frotta énergiquement le volant, le levier de vitesses, le tableau de bord, le portefeuille, le chéquier et les poignées de porte. Chava en avait pris pour dix ans à cause des empreintes digitales.

Enfin, avec une grande tranquillité, il alluma une cigarette en marchant jusqu'au mirador pour contempler la ville. Il n'ignorait pas qu'un tel comportement était imprudent. Si le Lolo allait porter plainte au poste de la Garde Civile et qu'ils inspectent le secteur, ils arriveraient vite au Tibidabo et trouveraient l'Alfa. Mais il a décidé de défier le sort. Pourquoi pas ? Ça aussi ça fait partie de la liberté. Si les flics arrivent, ils remarqueront d'abord la voiture et ça les occupera un moment. Tu auras le temps de fuir, Miguel. Tu peux franchir ce parapet d'un bond, te laisser glisser jusqu'en bas et disparaître entre les maisons avant de te perdre dans le bois. Il ne pourront pas te retrouver, ne te fais pas de souci pour ça maintenant et jouis de l'existence.

La ville était morte. Plongée dans l'obscurité. Une grande masse sombre avec des lumières blafardes qui ressemblaient à des yeux sans regard. Miguel se voit à ce moment-là comme le seul être vivant au monde, le maître de cet amas d'immeubles. Ou mieux, le gardien. Un Dieu. Veillant sur la ville tout entière, et sur ses habitants, ses sujets. Il faisait froid.

Un peu plus tard, une clarté très blanche et très ténue s'est reflétée sur la mer. L'aube se levait. Sous l'effet de la lumière, la couleur du ciel a changé et, l'espace d'un instant, les étoiles ont brillé avec une intensité accrue. Miguel, assis sur un banc, allumant une cigarette après l'autre, réfléchissait à ça. Les étoiles brillent avec plus de force au moment de mourir. Et, sans savoir pourquoi, il s'est dit que le Gallego aussi brillera avec plus de force lorsqu'ils se retrouveront.

Le jour levé, alors qu'un cadran de la montre marquait six heures, tandis que l'autre affichait une heure – comment fait-on pour s'y retrouver avec un engin pareil ? – Miguel a décidé de repartir. À pied, sans se presser, il y a un temps pour tout.

À sept heures moins dix (deux heures moins dix sur le second cadran), à l'angle du paseo San Gervasio et du paseo de Valle Hebrón, il a forcé une vieille Simca verte, au volant de laquelle il a contourné la ville à la recherche du premier boulevard de ceinture. Il ressentait une sorte d'euphorie tranquille, adressant des sourires carnassiers aux conducteurs qui empruntaient le même itinéraire. À la mine, les rats ! Vous n'êtes pas encore bien réveillés, hein ? Le lundi, vous devriez chier sur le calendrier, tas de veaux ! Allez, répétez après moi : je chie sur le calendrier ! … Pauvres connards !

Et maintenant, à sept heures vingt-cinq, assis dans la Simca, il monte la garde dans l'étroite ruelle de terre battue ravagée par les nids-de-poule où se trouve le siège de l'entreprise de transports de sécurité. Trois fourgonnettes de couleur verte, avec le logo rouge barré de l'inscription *Transecur,* sont garées devant deux grands portails dont les vantaux métalliques fermés portent les mêmes inscriptions dans les mêmes couleurs. Miguel est au comble de l'excitation, il ne tient pas en place et s'agite sur son siège comme s'il avait des fourmis au cul. Il va bientôt retrouver Gallego et ce sera le début de la revanche. Il contemple ses mains, durcies et pleines de cals. Se prend le poignet droit. Il ne pourrait même pas en faire le tour en l'empoignant à deux mains, exagère-t-il pour lui-même avec satisfaction. Cette fois-ci, ce n'est pas à un gosse chétif et apeuré, comme l'était Miguel lors de leur première rencontre, qu'il va avoir affaire, Gallego.

Ce n'était pas difficile de se faire du blé en se faisant passer pour une lopaille à condition de connaître les ficelles. Il fallait se rendre aux pissotières de la plaza Cataluña, ou à celles de l'avenida de la Luz, étudier le terrain. Les urinoirs publics sont un lieu de passage pour des gens de toutes sortes. Des gamins et des adultes, des vieux décrépis vêtus de haillons et des personnes élégantes. Les gestes y sont mécaniques et dépourvus de sens. Le silence n'y est brisé que par les raclements de gorge, les quintes de toux, les soupirs de quelque ivrogne qui se sent soulagé, ou étourdi, en vidant sa vessie. Ce qui compte dans ces endroits-là, c'est le jeu des regards. Regards impertinents, qui plongent dans vos yeux, puis descendent effrontément jusqu'à votre braguette, comme pour vous jauger. Un regard de mépris répond à un regard de désespoir angoissé. Un regard en biais, de méfiance et de menace, provoque la honte et la crainte et fait se détourner aussitôt le regard de l'autre. Des regards qui se rencontrent un quart de seconde et rebondissent n'importe où comme si de rien n'était. Les clients cherchent avec des regards douloureux et il n'y a qu'à choisir et s'offrir. Les mots sont inutiles. Les regards ont tout dit : « Tu es beau gosse, tu me plais » , « Tu as du fric, tu m'intéresses » , « On y va ? » , « Tu prends combien ? » , « Tu veux voir ? » , « Je peux toucher ? ». On appelle ça la loi de l'offre et de la demande. Celui qui n'est pas au courant ne se rend compte de rien. Il voit des types qui pissent et d'autres qui attendent, rien de plus. Il ne perçoit pas l'appréhension qui flotte dans l'air. La peur des flics, de mettre la main dans une braguette et de se retrouver les menottes au poignet. La peur des petites frappes qui draguent les vieilles lopes pour leur casser la gueule et leur piquer leur blé dès qu'ils se retrouvent seuls. La peur et la tension et la solitude et l'angoisse et le besoin enfermés entre ces quatre murs de faïence blanche séparée par de noires lignes de crasse et maculée d'urine et de dégueulis et de Dieu sait quoi encore.

Miguel avait déja choisi son client lorsqu'il monta sur la marche de porcelaine et fit face à l'urinoir. Il devait avoir dans les quarante ans. Il était grand, très grand, plus grand que Miguel, l'air costaud et viril, rien à voir avec une grande folle. Miguel se dit que ce devait être un de ces types qui vont au gymnase trois fois par semaine, s'enduisent d'huile pour le corps et jouissent au spectacle de leur propre musculature en prenant la pose devant le miroir. Il avait de longs cheveux noirs, peignés en arrière, et de beaux yeux sombres, dans lesquels se reflétait une inébranlable détermination. Sa bouche était dure et autoritaire. Ses lèvres minces et sévères étaient barrées d'une fine moustache à l'ancienne, parfaitement taillée. Il portait une veste ample de couleur tabac, le pli de son pantalon était sans défaut et ses souliers marrons brillaient de l'éclat du neuf.

Miguel ne le savait pas encore, mais cet homme, c'était Gallego.

Le voilà, Gallego.

C'est le premier des quatre gardes qui viennent de sortir de *Transecur*. Avec leur uniforme kaki, on les dirait tout droit sortis d'un film américain. Un blouson serré à la taille, avec une plaque sur la poitrine, des chaussures montantes qui enserrent les jambes du pantalon et une casquette dont la coiffe rappelle celle des flics US. Ils portent un revolver à grosse culasse à hauteur de main, à la façon de John Wayne.

Gallego ne semble pas avoir beaucoup changé. Il a pris du ventre, c'est sûr, et il marche en se déhanchant un peu. Toute l'élégance de ce fameux premier jour s'est envolée. Mais il est toujours aussi grand et aussi costaud, et il porte la même moustache à l'ancienne. À côté de lui, les autres gardes ont l'air de gamins.

Jusqu'à leur arrivée au commissariat de police de la vía Layetana, Miguel était resté sans réaction. Il avait juste remarqué, machinalement, l'arrestation de Marujo, mais il ne s'était pas appesanti sur l'absence de Chava, il ne se demandait pas s'il avait pu fuir, ou s'il avait été tué, comme Cachas. Les larmes et l'image de cet œil qui pendait et de cet incroyable flot de sang jaillissant du nez l'empêchait de se concentrer sur quoi que ce fût. Mais lorsque, à la lumière blafarde du sinistre édifice, il se retrouva face au géant à la veste couleur tabac, lorsqu'il vit ses yeux, sa moustache à l'ancienne, et qu'il entendit sa voix grave et profonde, lorsqu'il se sut reconnu, il se mit à trembler comme un épileptique.

— Toi! entendit-il, en même temps qu'il recevait une violente bourrade. Passe le premier!

— Non! hurla Miguel. Et il voulait parler, dire ce que cet homme lui avait fait, mais il était incapable de prononcer d'autres mots que « Non, non, non, non... ».

Lorsqu'il fut enfin capable de vomir ce qu'il savait, c'était déja trop tard.

— C'est un pédé! Il va me tuer! J'ai déja eu affaire à lui! C'est un pédé! Lui et moi, on s'est...

Il n'avait pas vu l'arme dans les mains de l'homme. Il ne se rendit compte qu'aux coups de crosse qui se mirent à pleuvoir sur sa bouche. « Ta gueule! Ta gueule! Ta gueule! » Et chaque « Ta gueule! » ponctuait un coup qui lui écrasait les lèvres, qui lui emplissait la bouche de sang et de dents, de ses propres dents qui se brisaient et se détachaient l'une après l'autre de ses mâchoires et l'étouffaient. Et Miguel cessa de crier pour pouvoir cracher, mais l'autre le poursuivait et le frappait, sur la bouche, sans répit, sur la bouche, en criant, « Ta gueule! Ta gueule! Ta gueule! » , et puis des coups de pied dans la tête, et puis après ça, après ça...

... après ça, lorsque, à sa sortie de l'hôpital, enfin en état de parler, on le transféra dans une geôle de *la Modelo*, il demanda :

— Qui m'a fait ça? Dites-moi qui m'a fait ça?

— On dit que c'est Gallego, un fils de pute.

Les gardes assermentés sont montés dans le fourgon qui démarre aussitôt. Miguel, le regard fixe, les suit dans la vieille Simca verte.

Midi et demi

L'inspecteur Correa, de la Brigade d'investigation criminelle, section des attaques à main armée, tape à la machine avec une énergie furieuse. Manuel Maristany Gallardo, âgé de cinquante-trois ans, profession industriel, marié, carte d'identité numéro, etc., déclare que, le 24 juillet à trois heures et demie du matin, il a été attaqué par un individu grand et mince, d'une trentaine d'années, etc. Les doigts martèlent les touches comme pour détruire le clavier, ne s'interrompant, de temps à autre, que pour chercher à tâtons un mouchoir chiffonné qu'ils passent sur le visage de leur propriétaire. La machine, une vieille Underwood, fait un bruit infernal.

L'inspecteur Correa est de fort méchante humeur et il a trois puissants motifs pour ça. Le premier, qui est probablement le principal, est l'épouvantable chaleur humide et poisseuse qui pèse aujourd'hui sur la ville comme un emballage asphyxiant. L'inspecteur Correa fait partie de ces gens qui transpirent abondamment, et qui ont sous les aisselles de larges et inesthétiques auréoles de sueur. L'été, il passe son temps un mouchoir à la main, à essuyer un front perpétuellement humide, d'où sourdent de lourdes gouttes qui se pressent entre ses sourcils avant de dévaler la pente de son nez charnu et épais. Il lui est arrivé plus d'une fois de devoir déchirer un rapport, ou une déposition, pour l'avoir, en relisant, inondé de transpiration. Indépendamment de la gêne que ça représente, l'inspecteur Correa se tient pour une personne soignée et il a une sainte horreur des rapports qui ont l'air de brouillons et des taches sous les aisselles.

Le second motif de sa mauvaise humeur réside dans le fait que Manuel Maristany Gallardo, âgé de cinquante-trois ans, profession industriel, domicilié calle Santalo, est un pistonné. Le chef de la Brigade est arrivé avec lui et a dit à Correa :

— Prends bien soin de monsieur Maristany, il a été victime d'une agression hier soir. Tu prends sa déposition, hein, et tu te mets tout de suite en chasse, hein Correa? Puis il s'est retourné vers Maristany et lui a serré la main avec effusion. Encore une fois, Manolo, je suis désolé. Mais avec tout ce chômage et toute cette démocratie, nous sommes débordés, c'est le chaos. Tu peux faire confiance à Correa, c'est un type bien. Tu t'en occupes, hein Correa?

C'est un ami personnel. Une nouvelle poignée de mains. Allez, vraiment désolé, Manolo.

L'inspecteur Correa pense que la police doit traiter chaque citoyen de la même façon, qu'il s'agisse du dernier des casseurs de cailloux ou de Manuel Maristany Gallardo, profession industriel. Lui, il est disposé à faire autant d'efforts pour l'un que pour l'autre, et de voir que le commissaire laisse entendre que, sans ses recommandations, personne ne ferait cas de monsieur Maristany industriel, ça le fout en rogne.

Le troisième fondement de sa hargne, justement, c'est la nervosité et l'attitude incongrue du plaignant. Ses bégaiements et ses contradictions le mettent hors de lui.

—... Autrement dit, vous n'étiez pas seul. Et pourquoi vous ne me l'avez pas dit tout de suite ?

— Écoutez... La vérité... Voilà... Je vais vous expliquer... Il ne faut surtout pas que ma femme soit au courant, vous comprenez ? C'est pour ça que j'ai parlé avec votre chef, je veux que tout ça reste entre nous... Il n'y a aucune raison de mentionner que je n'étais pas seul...

— Comment ça aucune raison ? Mais au contraire, il faudra même que je parle à cette personne... Elle pourrait très bien être de mèche avec votre agresseur, vous n'y avez pas pensé ?

— De mèche ? ... Pensez-vous ! ... Oh non ! ... Non, non, non...

— Comment pouvez-vous en être aussi sûr ?

— Euh... À dire vrai, ce n'est pas que je sois sûr... Enfin, si, j'en suis sûr... Écoutez, tout ça est strictement confidentiel, nous sommes d'accord, hein ? La vérité, c'est que ce qui m'intéresse vraiment, c'est la montre...

Et Correa de perdre patience.

— Écoutez-moi, monsieur Maristany. Vous avez de la

chance d'être un ami du commissaire parce que sinon je ne croirais pas un mot de ce que vous êtes en train de me raconter. Il y a des quantités de gens qui viennent déposer des plaintes bidons pour…

— Non mais dites, qu'est-ce que vous voulez insinuer ? …

— Ce que je veux insinuer ? Que j'en ai par-dessus la tête de vos contradictions. Vous avez d'abord déclaré que votre agresseur vous était envoyé par quelqu'un à qui vous devez de l'argent, puis vous affirmez que vous ne devez de l'argent à personne, ensuite vous prétendez être seul, puis qu'il y avait une jeune femme avec vous… Voulez-vous me faire le plaisir de dire les choses clairement une bonne fois pour toutes ?

Maristany se passe une main sur le visage, confus.

— Vous avez raison… Je ne voulais que… Mettez-vous à ma place…

— Comment s'appelle cette jeune femme ?

— Asunción Puig. Mais elle est au-dessus de tout soupçon : il s'agit de ma secrétaire… Maristany se pince la lèvre supérieure puis le lobe de l'oreille puis se frotte les yeux. En plus, c'est la fille d'une amie de ma femme…

Correa écrit et le crépitement frénétique de la machine à écrire couvre les bégaiements de l'autre. Nom de la jeune femme ? Âge ? Dix-huit ans, vous êtes certain ? Adresse ? Maristany se repent d'avoir eu recours à la police. Il transpire presque davantage que l'inspecteur.

—… À ce moment, il m'a fait prendre la route de Vallvidrera et, arrivé à un endroit, il m'a demandé de stopper…

— À quel endroit exactement ?

— Euh, je ne sais pas… Quelque chose comme cinq cents mètres avant la déviation sur Molins de Rei. Un chemin qui débouche, comme ça, à droite, un chemin de terre qui descend, sous les arbres… À cinq kilomètres de Barcelone, peut-être…

La machine fait taca-tac-taca-tac-tac…

— Bon, voyons voir… Objets volés…

— La… la voiture, une Alfa Romeo Giulietta… Des cartes de crédit… Et puis… à peu près… vingt mille pésètes…

— Vos papiers ?

— Non… non, mes papiers, je les avais dans une poche de mon pantalon… il ne m'a pas fouillé… Le plus important, c'est la montre… c'est un cadeau de ma femme et… vous savez… je n'ai pas osé lui en parler… Mais c'est bientôt notre anniversaire de mariage et elle va se rendre compte que je ne l'ai plus…

— Quelle marque ?

— Baume-Mercier, en or massif… Avec deux cadrans noirs sur fond doré, de forme ovale… L'un indique l'heure européenne et l'autre l'heure américaine… Je voyage beaucoup…

— Vous l'estimez à combien ?

— Environ… Deux cent mille pésètes… Ah, il y a une dédicace gravée au dos… Euh… « À Manuel de la part de sa Beatriz » … Avec des dates…

La machine fait taca-tac-taca-tac-tac…

V

MERCREDI 26 JUILLET

9h15 du soir

Le *Bar Julio* est très animé. Il n'a pas désempli depuis que Miguel est entré il y a une heure. Les ouvriers d'un chantier voisin entrent et sortent sans arrêt, avec leurs vêtements tachés de chaux, de ciment et de poussière. Sans compter un ou deux personnages pittoresques, comme la vieille femme qui vend ses billets de loterie ou le Gitan tout habillé de jaune. Et les quatre habitués de la dernière fois, avec leurs bérets, qui bavardent en tapant le carton.

Chava a jeté un regard sur Miguel, un seul, puis s'est remis à travailler sans arrêt tout le temps, allant d'un coin du bistrot à un autre, sans lui consacrer un seul instant, sans lui adresser un seul mot. Il fait ostensiblement la gueule.

Miguel s'est assis à la table du fond, près des caisses de bière, et Carmiña est venue le saluer, surgie de nulle part, un sourire découvrant ses dents pointues de requin.

— Hola, Miguelito, qu'est-ce que tu veux boire ?

— Une bière.

C'est une belle plante, cette Carmiña. Et il y a dans ses yeux comme une invitation permanente. Un regard de pute qui fait de la retape sans en avoir l'air. Qui sait si elle n'en fait pas avec les clients pour arrondir les fins de mois de Chava ? Miguel se dit que ça ne lui déplairait pas de se la faire, un de ces jours. Une réflexion qui lui a déjà traversé la tête à plusieurs reprises, à l'époque où elle organisait des fêtes avec ses amies, quand Cachas vivait encore et était leur chef. Et qui avait resurgi avec plus de force lorsqu'il était venu à Barcelone pendant une permission et avait appris que Chava était en taule. Carmiña lui avait passé une main dans les cheveux et ils étaient restés un sacré moment à bavarder. Maintenant, il n'en jurerait pas, mais il lui semble bien qu'elle a dégrafé deux boutons de son chemisier. Lorsqu'elle se penche pour passer un coup de torchon sur le marbre de sa table, il est difficile de ne pas voir qu'elle ne porte pas de soutien-gorge et que ses seins profitent de cette liberté pour bouger en cadence à chacun de ses mouvements.

— Tu te souvenais de moi, Miguel ?

— Bien sûr.

— Moi aussi je me souvenais de toi.

Chava est passé près d'eux il y a un instant :

— À la cuisine, bordel, c'est pratiquement l'heure du dîner ! a-t-il craché.

Il n'a même pas adressé un regard à Miguel.

Les amis de Marujo finissent par arriver. Bien que Miguel ne les connaisse pas, il pourrait les identifier parmi des milliers d'autres types. Le premier est un gamin – il ne doit pas avoir beaucoup plus de vingt ans – dont la banane noire à la Travolta surplombe le visage comme une visière. Bien entendu, il porte un blouson de cuir noir élimé et des jeans moulants. Il regarde de tous côtés comme un conspirateur et sa bouche aux lèvres épaisses se plisse continûment en une moue de mépris qui doit être épuisante.

Les deux autres arrivent ensemble. Le premier flotte dans un large pantalon de velours et un pull noir à col roulé bien trop chaud pour cette époque de l'année. Il est de petite taille mais le pull, très ajusté, met en valeur des pectoraux puissants qui font comme deux plaques métalliques dissimulées sous les vêtements. Il a un visage rond, des yeux de mongolien, une bouche toute mince et les cheveux tellement courts qu'on les dirait peints sur le crâne. L'autre au contraire a une chevelure qui lui retombe sur les épaules, une crinière raide et grasse qui lui donne un air misérable. Un large visage osseux, des joues marquées par la petite vérole et couvertes de boutons purulents, un nez pointu et un regard habité par la peur et l'angoisse. Ils saluent le Travolta, inspectent l'établissement. Ils savent que Dientes est là, en train de les observer et s'efforcent de prendre des allures de durs.

Miguel ressent un vague dégoût devant le spectacle qu'ils donnent. Voilà des mecs qui prennent la vie pour une scène de théâtre et qui en font trop. Trop de regards, trop de gestes. Miguel aimerait presque inverser les rôles le temps de dire : « Pas comme ça, les mecs ! Regardez-moi, c'est comme ça qu'il faut faire ! »

Chava aussi les a reconnus. Depuis que le premier est entré, il n'a pas cessé d'adresser des regards fulminants à Miguel. Il s'occupe du Travolta quand celui-ci lui demande quelque chose par-dessus le comptoir et il indique le fond de la salle d'un geste brusque. Les trois gamins prennent des airs de tueurs de cinéma pour rejoindre Miguel. Le Travolta et le Rasé s'installent face à lui, de l'autre côté de la table. Le Chevelu s'assoit à côté de lui. Miguel aurait aimé lui dire : « Non, toi, tu te mets en face, que je vous voie bien. » Mais il sait que tout aurait l'air trop évident. Trois types d'un côté de la table et un autre installé comme un chef ou un commanditaire qui les reçoit dans son bureau, ce ne serait pas prudent. C'est mieux comme ça, que ça ait l'air d'une conversation entre amis. Miguel bascule sa chaise en arrière. C'est le seul moyen dont il dispose pour prendre ses distances avec les autres.

— Dientes ? demande le Travolta.

Un simple signe de tête pour acquiescer.

— C'est Marujo qui nous envoie, annonce le Chevelu.

— Qu'est-ce qu'il vous a dit ? lâche Miguel.

— Que tu préparais quelque chose. Rien de plus. De quoi est-ce qu'il s'agit, Dientes ?

— Qu'est-ce que vous êtes capable de faire ?

— N'importe quoi, répond hâtivement le Travolta, indécis.

— Une banque ? suggère Miguel.

— Une banque et même deux, putain, intervient le Rasé. Et écoute bien, mec : nous, on a juste envie que ça bouge, tu captes ? Alors laisse tomber tes grands airs. Nous, on est bon pour n'importe quoi, tu me suis ? Et gaffe bien ce que je te dis : nous, on bosse en solo. Alors tu fais pas chier, tu monte pas sur tes grands chevaux, d'accord ? Si tu as quelque chose en tête, tu craches le morceau. Et si c'est pas le cas on s'en tape, camarade. On a besoin de rien. O. K. ?

— Adieu, répond Miguel, impassible.

Désarroi. Ils se regardent entre eux. Long silence. Miguel avale une gorgée de bière, allume une cigarette et contemple le bar à travers les trois durs-à-cuire comme s'ils étaient déjà partis.

— C'est bon, concède le Rasé. Qu'est-ce que tu veux faire ?

— Pour le moment, je veux juste savoir si vous êtes capables d'attaquer une banque. Vous avez des armes ?

— Je connais un gazier qui peut m'en procurer, affirme le Rasé, qui reprend de l'assurance.

— Autrement dit, vous êtes vous trois plus un quatrième que tu es le seul à connaître…

— Lui, il y a pas de raison qu'il soit au courant.

— Vous vous êtes déjà fait embarquer par les flics ?

Oui. Ils acquièscent de la tête. Tous les trois.

— Coffrer ?

Oui, coffrer, en taule, répondent les yeux.

— Vous touchez à la came ?

Il y a des regards qui conseillent de répondre par la négative et d'autres qui répliquent que personne ne les croirait.

— Et qui ne le fait pas, mec ? râle le Rasé. Tu vas quand même pas jouer les lég…

— Vous vous piquez ? poursuit Miguel, implacable.

— Je laisse béton, les mecs, déclare le Chevelu qui se lève en repoussant bruyamment sa chaise. Salut.

Donc, le Chevelu se pique. Les deux autres semblent sur le point d'éclater en sanglots. Ou tous les trois ou personne.

— Assieds-toi, Flaco, merde ! s'écrie le Travolta. Mais qu'est-ce que tu veux au juste, Dientes ? demande-t-il d'un ton conciliant.

— Rien, répond Miguel. De vous, rien.

Ils hésitent. Ils hésitent trop.

— Ecoute, Dientes…

— Pour commencer, je n'aime pas vos gueules. Et je n'aime pas davantage la façon dont vous vous fringuez. Si un flic se pointe ici, il vous embarque sans hésiter à cause de la gueule que vous avez, vos cheveux, tout… Et puis ce que je n'aime pas, c'est que je vous aie dit « adieu » et que vous soyez encore là.

Les voilà tout à coup qui ont l'air de trois gamins abandonnés par leurs parents.

— Dientes, putain…

— Rien à faire. Tirez-vous d'ici. Du vent.

Ils se lèvent comme si l'ordre émanait d'une autorité supérieure. On dirait qu'ils sont en train de fondre. Tristes comme la marchande d'allumettes du conte. Le Chevelu est le premier dehors. Les deux autres s'attardent un instant, ébahis, essayant de trouver les mots pour le convaincre, « allez, Dientes, putain », mais ils n'osent plus ouvrir la bouche. Ils finissent par sortir avec un hochement de tête, dignes, presque menaçants, « tu t'en repentiras », et prennent le large comme des vieilles femmes qui ont croisé le diable.

Miguel ressent un certain soulagement. Sans savoir pourquoi, il est presque satisfait. Chava a tout observé depuis son comptoir et a parfaitement compris. Il le regarde d'un air entendu. Une heure ou presque passe encore et puis Miguel se lève et s'approche de son ami.

— Marujo vient faire un tour ici, de temps en temps, pas vrai ?

— De temps à autre.

— Dis-lui de ma part qu'il peut se fourrer ses apprentis où je pense.

Chava soupire.

— Je ne veux plus de réunions ici, tu m'as compris ?

Miguel sourit et sort sans dire un mot.

VI

JEUDI 27 JUILLET

11 h du matin

— Allô ? La voix est très assourdie.
— C'est le bar *Los Pajaritos* ?
— Allô ?
— C'est toi, Mercedes ?
— Oui. Qui est à l'appareil ?

Miguel se trouve à la Centrale téléphonique de la plaza Cataluña. L'immense hall bondé et la cabine avec juste une demi-porte vitrée lui font l'effet d'être de véritables pièges. Il peut parfaitement entendre la conversation de la personne qui appelle de l'autre côté de la mince cloison capitonnée, de sorte que n'importe qui est à même d'écouter ce qu'il a à dire à Caro. Il s'applique à parler bas et la bêtise de Mercedes le met hors de lui. Il est tenté un instant de raccrocher le combiné et de tout envoyer balader.

— C'est moi, Miguel ! Est-ce que je peux parler à Caro ? Il lève le ton, sans doute trop.
— Caro ?
— Caro, oui, bordel de merde !
— Un moment.

Le moment passe. Miguel promène un regard méfiant

autour de lui. Les gens s'agglutinent au comptoir des téléphonistes et autour des colonnes où sont entreposés les annuaires de toutes les provinces du pays. Il y a quelques types adossés aux murs de l'édifice, avec un air de ne pas avoir l'air, des pickpockets sans doute ou quelque chose comme ça. Personne ne semble leur accorder la moindre attention.

— Miguel ?

— Caro !

Miguel réalise tout à coup que Caro n'est pas paralytique. Il a bien fallu qu'il se lève de son fauteuil pour répondre au téléphone. Qu'est-ce qu'il a bien pu faire de la grosse couverture à carreaux qui dissimulait toujours ses jambes ?

— Miguelito ! d'où est-ce que tu appelles, mon garçon ?

— De Barcelone.

— Eh bien, quelle surprise ! Comment vas-tu ? Comment ça se passe pour toi ?

— Pas mal, Caro, pas mal. Écoute, j'ai besoin d'un service…

— Qu'est-ce qui t'arrive ?

Miguel se racle la gorge. Bon, comment lui dire ça, à présent ?

— J'ai besoin de trois équipiers, Caro.

Bien qu'il ait encore baissé la voix, Caro l'a parfaitement entendu. Mercedes est vraiment bouchée.

— Pour l'affaire de Gallego ?

— C'est une grosse affaire, Caro. Il faut des types impeccables, qui bossent au poil. Sérieux, sans histoires. Je ne veux pas de jeunots, genre casseurs de banlieue, tu vois ce que je veux dire ? Des types sérieux, quoi.

— Qu'est-ce que tu prépares, Miguel ? interroge Caro avec un soupçon d'appréhension dans la voix.

— Une affaire avec du blé. Avec de gros sacs de blé.

— Avec feux d'artifice et tout le toutim ?
— Une vraie fête nationale !
— C'est pour quand ?
— Le mois prochain. C'est la meilleure période pour les feux d'artifice.
— Pas facile, Miguel.
— Des gars corrects, tu en connais.
— Je ferai mon possible.
— Qu'ils aient l'air de types bien, quand ils se pointeront, hein ? Des hommes d'affaire, n'importe quoi, mais clean, O. K. ? Il y a pas mal de blé à prendre pour chacun.
— Mais pas d'embrouille, hein Miguel ? J'ai une réputation et j'y tiens, ne va pas…
— Y a rien à craindre, Caro, parole !
— Où est-ce que je te joins ?
Miguel lui donne le numéro de téléphone du bar de Chava.
— Si je ne suis pas là, tu demandes Chava et tu lui laisses le message. Tu dis seulement que les messieurs qu'on attend descendent dans tel hôtel à partir de tel moment. Ah, et qu'ils n'arrivent pas tous en même temps, d'accord ?
— Je te fais ça aux petits oignons, Miguel. Et toi, tâche d'être à la hauteur parce que je ne vais pas t'envoyer n'importe qui, tu vois ce que je veux dire ?
— Caro, merci…
— Allez, pas de conneries, Miguel, veille sur toi.
— O. K.… Attends une seconde… Les types, tu leur donnes mon nom complet… Il regarde autour de lui, à nouveau saisi de méfiance. Personne ne lui prête la moindre attention mais c'est lui qui est en proie à la crainte. Tu leur dis qu'ils demandent à parler à Dientes…
— À qui ?
— À Dientes, bordel !

Il raccroche et reste planté devant le téléphone, haletant et en sueur, comme s'il venait de courir un cent dix mètres haies. Il se passe la langue sur ses lèvres sèches.

« Bon. Voilà qui est fait. »

Il prend son sac de sport et sort rapidement sur la plaza Cataluña en respirant à pleins poumons.

Calme, Miguel. Tout va bien.

Ce matin, lors de l'entretien avec l'agent immobilier, les choses se sont bien passées. Le vieux te regardait de biais, comme pour signifier qu'il avait fait tout son possible pour que tu ne loues pas cet appartement, que tu ne devais le gain de cette bagarre qu'à l'insistance du propriétaire lui-même. Et le regard du vieil administrateur de biens restait une menace claire : il valait mieux pour toi que les voisins n'aient pas à se plaindre ni que tu te fourres dans aucune histoire d'aucune sorte. Toujours est-il qu'il a fini par poser le contrat sur la table et que tu l'as signé d'une main tremblante, en te demandant brusquement si ce vieux renard n'aurait pas fait une enquête sur ton compte, s'il ne serait pas au courant de tout ce qui te concerne, s'il ne serait pas en train de te tendre un piège. De toute façon, il est trop tard pour faire machine arrière. Tu lui as remis quarante-cinq mille pésètes (quinze mille pour le mois en cours, plus quinze mille à titre d'avance, et quinze mille encore pour les frais de dossier et autres) et il t'a donné les clés.

— Celle-là, c'est la clé de l'appartement, et celle-là, la porte de l'immeuble.

Calme, Miguel. Tout va bien. Que peut-il se passer si on a fait une enquête sur toi ? Ils auront vérifié que tu as bien travaillé dans une entreprise de déménagement, comme tu l'as dit. Et qu'auparavant, tu as cassé des cailloux pour les autoroutes de l'Èbre.

Seront-ils remontés jusqu'aux années de prison ? Ne te fais pas de bile, nom de Dieu ! À quoi t'ont servi, sinon, toutes ces années rangées des voitures. « Je vais me marier » , as-tu dit, à l'agent immobilier, lors de ta première visite. « Tous les travaux qu'il y aura à faire dans l'appartement, je les ferai moi-même, petit à petit. C'est sans importance qu'il n'y ait pas de douche, sans importance que les sanitaires soient en mauvais état. » Et l'autre s'est avoué vaincu. L'appartement est à toi, Miguel. Tout va bien. Calme.

Les clés tintent dans sa poche lorsqu'il entre au *Corte Inglès*. Il dépense dix mille pésètes en vêtements. Un blouson de nylon, deux chemises aux coloris discrets et un pull-over à manches courtes, près du corps. Tu as dépensé quasiment tout ce que tu possédais, tes indemnités de la boîte de déménagement, tes économies d'avant, et même une partie du fric que tu as piqué au mec de l'Alfa Romeo. Mais maintenant tout est prêt pour l'heure de vérité. Il te reste encore une dizaine de milliers de pésètes et tu n'as plus qu'à attendre l'appel de Caro et l'arrivée de ses amis. Tu es sur le point d'obtenir ce que tu voulais.

Il pousse la porte de son appartement et le contemple comme s'il se trouvait devant le palais de Versailles. L'épaisse couche de poussière qui couvre le sol (« il y a au moins dix ans que personne n'habite ici » lui a dit la concierge) conserve l'empreinte de ses propres pas, laissée quand il est venu visiter. Des traces qui traversent l'entrée et la salle de séjour, en ligne droite, jusqu'à la fenêtre donnant sur la rue. Toutes les vitres sont d'une saleté repoussante. Toutes sauf une que Miguel a nettoyée avec la main deux ou trois jours plus tôt. Maintenant comme alors, il regarde au-dehors. Sur le deuxième balcon de l'immeuble d'en face, il peut de nouveau déchiffrer l'enseigne lépreuse : *Pensión Miami*. Il sourit, fait demi-tour et s'en va.

Il traverse la chaussée et pénètre sous un porche étroit et très fréquenté. Les premières marches sont neuves, en marbre parfaitement imité, et conduisent au bazar *Tanger*, qui se signale par son enseigne lumineuse. À partir de là, l'escalier devient plus raide, obscur et difficile. La *Pensión Miami* se trouve au deuxième étage.

Il est reçu par une femme lasse qui tire sur un mégot coincé entre ses dents en le regardant d'un air mauvais.

— Je voudrais louer une chambre, déclare Miguel.

VII

MERCREDI 2 AOÛT

11 h du soir

Le désert de lumières vertes, jaunes et rouges est un peu plus animé que la dernière fois. Le grand type au frac de location est en scène, à enfiler ses âneries l'une après l'autre.

« L'autre jour, j'ai été voir un film de cul, un porno américain, dis donc. Enfin, c'est ce que je croyais, c'est un copain qui m'a emmené. — Ça te dit d'aller voir *La Chatte sur un doigt brûlant*? Sur un *toit* brûlant, imbécile, un *toit* ! »

Et les gens se tordent comme si on les payait pour ça.

Les yeux vitreux, Miguel s'efforce à grand-peine de supporter le spectacle. Il tremble des pieds à la tête, les cubes de glace tintent dans le verre chaque fois qu'il trempe les lèvres dans son cinquième Cuba-libre. Le tremblement de ses membres gagne l'intérieur de son corps. Il a l'impression que quelqu'un a branché son cerveau et son ventre sur courant alternatif tellement ils vibrent. Son cœur tape dans sa poitrine et chaque battement lui coupe le souffle. Et il marmonne, marmonne, marmonne entre ses dents serrées. Il se ferait un vrai plaisir de sauter au milieu de la piste, briser son verre sur la gueule du pitre et lui faire avaler les morceaux. C'est comme si quelqu'un lui pressait la cervelle entre ses doigts pour en extraire le jus. Il n'en peut plus. Il a besoin de hurler ou il va exploser. Mais Miguel ne hurle pas, ne bouge pas, ne fait rien.

Les jours sombres sont de retour. Ces heures entières à remâcher d'interminables chapelets de malédictions, d'insultes et de menaces. À tourner en rond dans la chambre de la *Pensión Miami*, à rester étendu sur le lit, la cigarette aux lèvres et le blasphème dans la gorge, comme à Saragosse, lorsque tu attendais l'appel de quelqu'un qui puisse redonner sens à ta vie. De longues, de très longues nuits blanches, à regarder le sourire de la tête de mort enfermée dans son verre, et à maudire Caro, cet enfant de salope qui n'appelle pas, qui t'a oublié.

Tous les jours c'est la même chose :

— Chava ! quelqu'un m'a appelé ?

— Personne.

— Il y a quelque chose pour moi ?

— Rien.

— Personne n'a téléphoné ?

— Non.

— Non ?

— Non.

« La brune sexy du *Palmer* » , la mulâtresse aux volants qui fait de la gymnastique pour montrer son entrejambe, pénètre sur la piste. Elle est suivie de « La Mignonne aux cauchemars » , une blonde qui se frotte jusqu'à l'orgasme contre une poupée de chiffon. Et de toutes les autres, qui se déshabillent en se forçant à sourire.

Et Miguel décide de régler son compte à Chava, cet enfoiré, cette saloperie de merde, ce fils de pute qui refuse de lui donner un coup de main contre Gallego. Oui, il va lui faire la peau. Mais d'abord, il s'enfilera Carmiña. Et puis il leur tranchera la gorge à tous les deux et il boira leur sang.

Jusqu'à présent, tout allait bien. Tu étais le cerveau, l'organisateur, et les idées géniales qui te passaient par la tête semblaient toutes n'attendre que le moment de se concrétiser. Tu connais par cœur l'itinéraire du fourgon et le plan prévu ne peut pas échouer. Louer un appartement en face du meublé où tu vis est une trouvaille qui te remplit d'orgueil, et tu as eu la chance d'en trouver un assez vite. Autre trouvaille lumineuse, le coup des revues illustrées, la seule solution permettant à tes complices de sortir du pays avec le butin une heure après l'attaque. Parfait. Et Marujo qui a répondu comme un homme.

— Je suis prêt à tout, vieux, t'a-t-il dit la dernière fois que vous vous êtes vus. À tout.

Tu le tenais fermement par le poignet. Tu l'avais agrippé et, d'une secousse, attiré tout près de toi pour lui déverser dans l'oreille un tombereau d'imprécations. « Ne recommence jamais un truc pareil, personne ne se fout de ma gueule, ces trois gonzes que m'as envoyés, c'était des résidus de chiottes qui sentaient la taule à mille kilomètres de distance. » Et Marujo sans hésitation t'a assuré qu'il était correct, qu'il voulait t'aider, il t'a demandé pardon, a juré ses grands dieux qu'il était prêt à tout. Il n'était pas animé par la peur, ou par le sens du devoir. Ça sortait du cœur. C'est pourquoi tu lui as donné l'adresse de l'appartement qui allait vous servir de refuge.

—... Dans la calle Reina Cristina, en face de la *Pensión Miami*. Je serai là... Mais pas un mot à Chava, tu m'entends ?

Tu lui as expliqué pour les illustrés et il a trouvé que c'était une idée formidable. Tu lui as bien sûr parlé du type, celui que tu avais rencontré dans les urinoirs de la plaza Cataluña, à l'époque où tu te faisais passer pour un pédé. Le mec en question était une espèce de fou, un collectionneur qui achetait de vieux journaux illustrés au marché San Antonio et traversait la France et l'Italie avec des caisses qui pesaient des tonnes. «Rien à déclarer?» lui demandaient les types de la douane. «Rien que ça.» Les types ouvraient une des caisses, voyaient les journaux, regardaient le mec et se disaient qu'il était frappadingue ou pas loin. Ils l'ont contrôlé une fois ou deux et ont fini par le laisser passer sans lui faire de problème.

— Tu piges? On va acheter de vieux illustrés, de quoi remplir cinq ou six caisses, et on planque le fric au fond. Dès que le coup est fait, mes associés se tirent immédiatement pour la Suisse ou ailleurs. Directo. Et personne ne pourra les retrouver.

— Au poil, Miguel, au poil! répétait Marujo, franchement impressionnné.

— Mais j'ai besoin de blé, as-tu ajouté.

— Combien tu veux, Miguel? Dis-moi ce qu'il te faut.

Et il t'a prêté dix mille pésètes.

Tout marchait comme sur des roulettes. Le dimanche suivant, tu as acheté un bon tas de ces vieux journaux illustrés. Ils t'ont coûté la peau du dos, mais ils étaient la garantie que l'affaire se terminerait sans anicroche. À ce moment, le cerveau, c'était encore toi, Miguel.

Mais ensuite, tu t'es rendu compte qu'il ne restait plus rien d'autre à faire qu'attendre. Et c'est là que tes nerfs t'ont trahi. Tu t'es mis à douter de Caro, tu t'es senti doublé. Plus rien ne dépend de toi désormais. Tu as ce que tu désirais à portée de main, mais elles sont liées, liées par d'autres personnes qui ne collaborent pas, qui ne téléphonent pas, qui t'oublient… Tu as donc décidé de leur faire la peau à tous. En commençant par Gallego. Puis ce serait le tour de Caro, et de Chava, et de Carmiña… Il faut que tu butes quelqu'un ou tu vas disjoncter, Miguel. Et tu ouvres, clac, et refermes, clac, ton couteau à cran d'arrêt, et tu vois du sang sur la lame.

Et puis aujourd'hui tu t'es remis à pleurer. Tu as pensé « Nena » et les larmes sont montées. Tu n'as pas pensé à quelque chose de précis à propos de la Nena, à ce que tu aimerais faire avec elle, non, tu as simplement pensé « Nena ». Ses grands yeux, illuminés par on ne sait trop quelle espérance. Sa bouche, comme une blessure, peinte d'un rouge intense. Son petit nez. Sa poitrine. Juste ça : « Nena ». Et tu es venu au *Palmer*, après manger, à l'heure du dernier passage, avec ce tremblement dans les jambes qui te fout en boule.

Enfin c'est le moment, annoncé à grand renfort d'exclamations élogieuses, du meilleur numéro de l'établissement, « le grand couple de danse acrobatique, le Grand Manfred et Mónica ». Et la Nena entre en piste, avec son déshabillé transparent, accompagné de l'escogriffe déguisé en trapéziste.

Quand le Grand Manfred la soulève jusqu'au plafond, dans une nouvelle tentative aussi inutile que les précédentes de lui écraser la tête contre les projecteurs, Nena aperçoit Miguel et ses yeux se mettent à briller l'espace d'un instant. Lui s'en est rendu compte, et se dit l'espace d'un même instant qu'elle va comprendre sa douleur, saloperie de chienne, tandis qu'une boule se forme dans sa gorge.

VIII

JEUDI 3 AOÛT

3 h du matin

La Nena est vêtue d'une jupe vert foncé, très ample, qui se prend dans ses jambes à chaque pas, et d'un corsage sans manches, assez décolleté pour qu'on puisse plonger jusqu'au fond du profond sillon qui partage son admirable poitrine. Elle ne porte pas de soutien-gorge. Elle est splendide, beaucoup plus belle que l'autre fois. Ses cheveux ramassés en un épais chignon conviennent mieux à son visage. Elle devrait toujours les avoir ainsi.

Ils se trouvent dans le hall d'entrée du *Palmer*. La Nena est sortie en compagnie du Grand Manfred qui, démaquillé et sans son costume de scène, a l'air d'un employé du bureau apathique. Une seconde, un éblouissant sourire a découvert les dents si blanches et illuminé son petit visage rond.

Juste une seconde. Lorsqu'elle s'approche de Miguel, elle a un visage sérieux, même si une petite lueur moqueuse danse dans ses yeux.

— Eh bien, dit-elle, tu t'es décidé, Miguel ?

Celui-ci la regarde fixement, sans trop savoir que répondre, comme hypnotisé, ou comme s'il pensait à autre chose.

— Est-ce que tu viens, Pepa?, s'impatience le Grand Manfred sur le pas de la porte.

Elle ouvre la bouche et se passe la pointe de la langue sur les dents.

— Ma foi... je ne sais pas encore..., répond-elle, coquette.

Miguel secoue la tête, pas question, pas question. Comme il n'a pas quitté ses lunettes noires, elle ne peut lire la supplique qu'il y a dans ses yeux.

— Non ! Je reste !

— À demain, alors !

Et ils restent là, sans rien dire ni rien faire, elle avec un petit air malicieux de putain de haut vol à qui on ne la fait pas. Le portier se lasse d'attendre et quitte son uniforme vert, en rouspétant.

— Allez, Pepa. On ferme, bon sang !

Ils gagnent la rue. Elle se suspend à son bras et le regarde, belle, rayonnante et pleine d'espoir.

— Non, mais qu'est-ce que tu es devenu beau, Miguel !

Silence. Ils marchent lentement, sans se presser, lui calquant son pas sur le sien.

— C'est vrai que tu es encore amoureux de moi ?

— Qui est-ce qui t'a raconté ça ?

— Marujo. Il m'a dit que tu demandais sans cesse après moi, que tu voulais me voir et que, quand tu es arrivé à Barcelone, c'est moi que tu as voulu voir en premier... C'est bon, tu sais ?

Il est trois heures du matin et ils remontent le Paralelo désert et sans lumière. Ils ont laissé derrière eux l'animation de la calle Conde de Asalto et l'excitation des gens qui sortaient du *Bagdad*. Devant eux s'étend l'obscurité de l'Arsenal, en bordure de la Puerta de la Paz. La solitude de Christophe Colomb (1) n'est guère troublée que

(1) Il y a une statue de Colomb au centre de cette place (N.d.T.)

par le passage de quelques rares voitures. Cette nuit, Miguel ne se sent pas le maître de la ville. Il est très seul et comme perdu. Il serait très seul et perdu s'il n'y avait pas ce bras qui se presse furieusement contre le sien, cette petite tête qui s'appuie sur son épaule, cette voix vive à l'accent andalou qui n'arrête pas de débiter des mots, des phrases, évitant au moins à Miguel de continuer à ressasser sa rancœur entre ses dents.

— Qu'est-ce que tu as fait tout ce temps ? Allez, racontemoi ! Ça faisait combien de temps qu'on ne s'était pas vu ? Tu as reçu mes lettres pendant que tu étais à l'armée ? Parce que tu n'as pas répondu une seule fois, espèce de rabat-joie, oui tu es un rabat-joie, aussi excitant qu'un poisson d'eau douce... Je suis contente de te voir, tu sais. Et toi, ça te fait plaisir ? Non, mais regardez-moi ça, tu es muet ? Tu as été à Saragosse, non ? Marujo m'a dit que, quand tu as terminé ton service, tu es parti à Saragosse, pour trouver du boulot légal et tout, te ranger, quoi... Moi, tu vois où j'en suis... Tu as aimé notre numéro ? Tu es jaloux ? Tu te rappelles la fois où tu t'es cassé la jambe derrière la baraque de tes parents, je t'avais demandé de m'y emmener ? ...

Pour Miguel, ça avait été la meilleure période de son existence. De tous les gamins du quartier, la Nena était la seule qui allait le voir, et ils jouaient tous les deux et bavardaient sans craindre les rires de personne. La Nena avait onze ans et Miguel seize. Un jour, elle lui avait montré le duvet qui commençait à couvrir le bas de son ventre.

Ils arrivent et gravissent le raide escalier de la *Pensión Miami*. Tout dort dans la maison. Ils avancent à tâtons dans un interminable couloir, jusqu'à la porte de la chambre de Miguel, qui ouvre en tâtonnant et allume la lumière.

— Où est-ce que je peux pisser ? demande la Nena.

— Là-bas, au fond.

Miguel reste seul, asphyxié par ces quatre murs que l'on pourrait toucher en étendant les deux bras. Il pisse dans le lavabo en faisant couler l'eau et, tremblant de nervosité et d'appréhension, ses nerfs sont à nouveau tendus à se rompre, putain, il se caresse la verge, la titille sans conviction. Rien à faire. Quand la Nena est de retour, elle le trouve en train de fumer, étendu de tout son long sur le lit. Elle ferme la porte à clé et, sans plus de façons, ôte son pull. Miguel devine les seins qui dansent en retrouvant la liberté, leur pointe sombre et fière, mais il ne veut pas regarder. La Nena se met à genoux sur le lit et cherche les lèvres de Miguel, une main posée sur sa braguette. Miguel détourne son visage.

— Miguel… Miguelito…

Miguel soupire, tend le bras et éteint la lumière. Dans l'obscurité, il note les mouvements de la Nena qui descend du lit et achève de se déshabiller. Puis le matelas qui s'enfonce, le sommier qui grince, cric, cric, cric, elle s'est allongée à côté de lui, des mains qui le cherchent, des doigts sur son visage, un baiser qui arrive par surprise… Un baiser anxieux et humide, une langue experte qui palpe la naissance de son sourire de tête de mort…

— Arrête ça, bordel ! s'exclame Miguel à voix basse, et il se retourne face au mur.

La Nena se colle contre son dos.

— Qu'est-ce que tu as ? Miguel… Dis-moi… Qu'est-ce qu'il y a ?

Miguel est en proie à une furieuse envie d'allumer la lumière, d'enlever sa dentition baveuse de sa bouche et de la coller entre les lèvres de la Nena. Tiens, bordel, tu veux sucer, eh bien suce, putain de merde. Mais il ne bouge pas, il reste immobile, paralysé, angoissé, toute son attention concentrée sur un seul point de son corps, le seul point que rien ne semble pouvoir affecter, détendu et bien à l'abri dans son slip, encore humide de l'épisode du lavabo. La Nena passe une jambe par-dessus celles de Miguel et cherche justement du côté de ce point, trouve la fermeture éclair…

Miguel lui saisit brutalement le poignet et se retourne vers elle d'un mouvement violent. Grincement de sommier, cric, cric, cric… Ses yeux se sont habitués à l'obscurité et il peut percevoir la lueur d'autres yeux, écarquillés de terreur.

— Fous-moi la paix, bordel de Dieu ! siffle-t-il en ses dents. Il cherche le visage de la jeune femme de sa main libre et emprisonne les joues entre ses doigts calleux. Fous-moi la paix, espèce de pute de bas étage !

— Mais Miguel… !

— Il n'y a plus de Miguel, putain ! Mon nom, c'est Dientes ! Dientes, tu as compris ? Dientes ! …

— Mais pourquoi est-ce que tu m'as amenée ici si tu… ?

Miguel repousse le visage de toute ses forces et la Nena tombe du lit avec fracas. Elle emporte le drap dans sa chute, sa tête heurte violemment le sol et elle pousse un cri.

— Barre-toi, poursuit Miguel entre ses dents. Barre-toi si tu ne veux pas rester avec moi… Va retrouver ton pédé de danseur de merde. Retourne te foutre à poil à gauche et à droite, pour que tout le monde en profite, pute de merde…

Le silence l'oblige à se taire. Le silence et ce hoquet qui est sur le point d'étouffer sa voix en même temps que les larmes rendent l'obscurité impénétrable. La Nena tarde un certain temps avant de se remettre à bouger. Mon Dieu, un moment tu as cru que tu l'avais tuée, Miguel. Elle se lève lentement, remet le drap sur le lit, et le sommier grince de nouveau, cric, cric, cric, sous son poids. Cette fois, la jeune fille s'applique à ne pas même effleurer Miguel.

Et un moment passe, un long moment de larmes qui baignent ses joues. Que ce serait bon si la Nena te caressait maintenant et se rendait compte que tu es en train de pleurer. Mais qu'est-ce que tu racontes, ce serait bon ? Si elle me touche encore un coup, je la tue. Je lui arrache le bout des seins, saloperie. Qu'est-ce qu'elle peut bien être en train de faire, maintenant ? Si ça se trouve, elle pleure aussi ! ... Ça faisait combien de temps que tu ne t'étais pas retrouvé dans un lit avec une fille, Miguel ? Huit ans ? Huit années à te contenter des caresses et des baisers du seul Caro, en prison, en réprimant tes haut-le-cœur ! Et quand Caro a été libéré, des étreintes des autres détenus. Et après, à Saragosse, encore Caro, ces gestes dégoûtants... Et si tu étais devenu une vraie tapette, Miguel ? Tu voudrais glapir, comme un porc que l'on châtre. Tu voudrais pleurer librement, crier, te taper la tête contre les murs, donner des coups de poings contre tout ce qui t'entoure, foutre une raclée à la Nena pour qu'elle apprenne, lui massacrer la gueule, l'écraser contre le sol, la marquer à jamais pour que tout le monde sache bien qui tu es, qui est Dientes.

— Tu ne dors pas, Miguel ?

La voix de la Nena est douce et timide, mais sereine. Nullement déformée par les pleurs.

— Non.

— Tu n'as pas sommeil ?

Elle n'a pas bougé, pas même un doigt. Seules les lèvres ont remué. Et lui est resté aussi immobile qu'un roc.

— Je ne dors jamais.

— Jamais ?

— Jamais.

— Mais jamais jamais ? Tu ne t'endors jamais, même rien qu'un petit peu ?

— Ça fait huit ans que je ne dors pas, Nena, énonce-t-il en ravalant cette boule qui s'efforce d'obstruer sa gorge.

— J'ai vu un type comme ça une fois à la télé, explique la Nena d'un ton naturel. Il fabriquait des choses avec des cure-dents pour passer le temps, la tour Eiffel ou des trucs dans le même genre. En voilà un qui ne dormait pratiquement jamais, lui non plus. Mais toi, tu ne dors vraiment jamais, pas même une petite sieste pour récupérer ?

— Allez, Nena, tais-toi, va.

Le ton est doux. Il n'y a manqué qu'un « S'il te plaît ». Miguel cherche à tâtons ses cigarettes et son briquet. Ses vêtements le gênent et il aimerait les quitter, au moins pour ne pas les froisser, mais pas question. Il allume sa cigarette en restant tourné du côté du mur. Le bref éclair de lumière lui permet juste d'apercevoir un papier peint déchiré et noirci par des centaines de corps en sueur.

— Il t'aime bien Chava, tu sais, murmure la Nena. Elle a lâché les mots tout à coup, comme si ça faisait longtemps qu'ils se bousculaient dans sa bouche. Il t'aime vraiment, lui, tu peux lui faire confiance… Mais Marujo… Tu devrais te méfier de Marujo.

— Tais-toi, bon sang !

— Ce n'est pas vrai que tu demandais sans cesse après moi, n'est-ce pas ? Miguel se tait parce que les hoquets et les larmes montent à nouveau et s'apprêtent à faire irruption malgré le tabac. Marujo, c'est un faiseur d'embrouilles. Je parie qu'il t'a emmené au *Palmer* pour voir comment on allait réagir, toi et moi, et se fendre la pêche. Marujo, il aime bien monter ce genre de numéro et après il se marre en racontant la saloperie qu'il a faite à l'un ou à l'autre…

La respiration de Miguel marque le rythme du temps qui passe, seconde après seconde, minute après minute. Il a fini sa cigarette, l'écrase contre le mur en balayant de la main, soudainement affolé, la pluie d'étincelles qui tombe sur le drap. L'obscurité se fait de nouveau.

— Moi, je n'ai pas cessé de penser à toi tout ce temps, Miguel. Je t'attendais.

L'aube n'est sans doute pas très loin. Tant de temps s'écoule entre une phrase et la suivante…

— J'ai couché avec d'autres, c'est vrai, Miguel, mais ça n'a aucune importance. J'ai tout le temps pensé à toi, et maintenant je veux t'aider.

Les minutes passent, l'une après l'autre, et les sanglots ont été ravalés, tout est si tranquille, c'est si bon d'entendre cette voix dans ton dos, Miguel.

— Je vais t'aider à te payer Gallego, tu veux ? Tu n'as qu'à me dire ce que je dois faire.

Le cœur cogne fort dans la poitrine, comme un animal vivant qui essayerait de grimper de l'intérieur jusqu'à la poitrine. Ses battements résonnent comme des coups de marteau entre la tête et l'oreiller.

— Je peux t'embrasser ?

— Non.

La Nena finit par s'endormir paisiblement.

7 h du matin

La montre Baume-Mercier indique sept heures du matin à un cadran, et deux heures à l'autre. La lumière commence à pénétrer par la petite fenêtre qui donne sur la cour intérieure. Miguel se glisse hors du lit, avec d'infinies précautions, en s'arrêtant au moindre grincement et au moindre mouvement de la jeune femme. Il se met debout avec difficulté et ose enfin la regarder. Elle dort enroulée dans le drap, recroquevillée, avec l'innocence d'un enfant. La courbe douce de ses cuisses et de ses fesses est parfaitement dessinée sous le tissu. Par terre, un petit tas sombre que la lumière ténue ne permet pas de distinguer précisément. Ses vêtements, qu'elle a quittés et jetés sans précaution.

Miguel sort de la chambre sans faire de bruit.

Comme chaque jour, il est surpris que la rue soit baignée d'un soleil radieux qui blesse le regard. Savoir combien de filtres, persiennes ou linge suspendu, devront traverser ses rayons avant de parvenir à la chambre exiguë de merde.

Il met ses lunettes noires et marche sans but précis. Il a cessé d'égrener les malédictions entre les dents et ne pense plus à exterminer qui que ce soit. Il se sent étrangement tranquille.

11 h du matin

Il téléphone d'une cabine sur les Ramblas.

— Oui, on t'a appelé, Miguel, dit Chava.

— Qui ça ? Qu'est-ce que c'était ?

— Un type de Saragosse. Il m'a dit que demain, il faut que tu te trouve à l'hôtel *Impala*, chambre 326, trois, deux, six, à cinq heures de l'après-midi.

— C'était Caro ? Il ne t'a pas dit comment il s'appelait ?

— L'Aragonais, il a dit, rien d'autre.

Rien d'autre. Et la communication s'interrrompt.

Miguel se sent soudain malade. Sueur froide et

tremblement dans les jambes. Il sort de la cabine en s'appuyant où il peut et se laisse tomber sur un banc proche.

Il retourne à la pension comme un animal traqué qui regagne sa tanière. Il n'est pas plus de onze heures. Si ça se trouve la Nena est encore là. Il grimpe les marches quatre à quatre, enfile le couloir précipitamment sans faire attention à la patronne qui essaye de lui dire quelque chose, fouille dans la serrure avec sa clé en se demandant comment il va engager la conversation avec la Nena, la porte n'était pas fermée à clé, elle s'ouvre sans problème.

La Nena n'est pas là.

Miguel s'étend sur le lit, le regard fixé sur le plafond, et allume une cigarette.

Et le temps passe, midi sonne, et puis une heure, deux heures et il ne descend pas manger. Il est bientôt trois heures, et puis six, et neuf heures du soir, et la lumière du soleil a cessé de frapper aux carreaux de la fenêtre. La montre Baume-Mercier, qui a l'air d'être du toc, indique onze heures et six heures en même temps, et puis une heure et huit heures, et encore deux et neuf, et trois et dix, et les heures passent l'une après l'autre, et la Nena n'est toujours pas rentrée. Il y a longtemps que Miguel a épuisé sa provision de cigarettes, mais il n'est pas sorti en acheter. Il reste étendu, tenant les barreaux de la tête de lit de ses poingts fermés, comme un enfant qui refuse de voir le médecin, comme un condamné qui résiste en s'accrochant à tout ce qui se présente lorsqu'on l'entraîne vers l'échafaud, comme un hommme suspendu au-dessus du gouffre et qui sait que, s'il se lâche, il tombera dans le vide et tout sera terminé.

Tout sera terminé…

IX

VENDREDI 4 AOÛT

5 h de l'après-midi

L'hôtel *Impala*, à l'angle d'un vieux pâté de maisons proche de la plaza Cataluña, ne s'appelait pas ainsi avant la guerre. Il n'était pas non plus l'un des hôtels les plus luxueux de Barcelone. Son architecture baroque de style moderniste a été complètement altérée par une profusion de portes vitrées, comptoirs en formica et lampes fonctionnelles en plastique. L'ancien nom de l'édifice, pompeux et aristocratique, a été remplacé par un autre, aux résonances modernes, qui s'affiche en lettres lumineuses sur la façade, occultant en grande partie le médaillon où est gravée la date de construction du bâtiment.

Le portier, dont l'uniforme poussiéreux donne l'impression d'avoir été loué dans une boutique de déguisements, a une allure de garde civil en retraite. Le concierge semble avoir été recommandé par le directeur d'un asile d'aliénés. Affecté d'un tic à l'œil droit, il bégaie au téléphone lorsqu'il vérifie que les messieurs de la 326 attendent bien une visite.

— Ils disaient oui… Ils disaient vous n'avez qu'à monter, bredouille-t-il en se prenant les pieds dans ses phrases.

Miguel se regarde dans le miroir de l'ascenseur et décide qu'il est présentable. Il porte son blouson de nylon bleu marine, une chemise beige et des jeans. Il a gardé ses lunettes noires. Il parcourt le couloir du troisième étage d'un pas énergique, s'arrête devant la 326, empoigne la poignée et ouvre d'un coup, sans prévenir.

Les trois hommes sont en train de parler de femmes. Une phrase reste en suspens : « et la fille continuait en me regardant fixement, et j'ai dû... » Miguel se retrouve comme un boxeur qui, en montant sur le ring, se prend les pieds dans les cordes et s'étale de tout son long. Il ne s'attendait pas à pareil tableau. Les types ont l'air d'hommes d'affaires des plus sérieux, le plus jeune ne doit pas avoir moins de trente-cinq ans, il se dégage d'eux comme une force inquiétante, dangereuse. Pas question d'imaginer qu'ils aient pu faire le voyage jusqu'à Barcelone pour se mettre aux ordres d'un demi-sel sans consistance, dans la peau de quoi se sent précisément Miguel à ce moment.

L'un des trois hommes est à peu près totalement chauve, il a le nez et la bouche petits, des yeux rieurs. Un peu enveloppé mais pas gros. Il est debout, penché sur un guéridon, en train de se servir un whisky. Il accueille l'intrus d'un large sourire :

— Dientes ? Entrez, entrez... Et fermez la porte, s'il vous plaît.

Le deuxième, assis dans un fauteuil de cuir, doit approcher les quarante-cinq ans. Un homme massif, très large d'épaules. Son verre de whisky a l'air perdu entre ses doigts épais. Il a de beaux cheveux blancs, qu'il porte bien plus longs qu'on n'a coutume de voir chez un homme de son âge. Les lunettes d'écaille, sur son nez épais, sont un accoutrement d'intellectuel qui ne trompe personne. Il y a dans son regard comme une douleur. Un regard qui transperce l'attitude prétendument dominante de Miguel, le met à nu pour découvrir un malfrat trop jeune, sans expérience. Le chauve et lui portent d'impeccables complets gris, des chemises immaculées et des cravates sombres. On pourrait les prendre pour des chefs d'entreprises sûrs d'eux-mêmes, habitués à ce que leurs ordres soient aussitôt exécutés, implacables avec leurs subordonnés si ça s'avère nécessaire.

Le troisième en revanche a une insignifiante tête de piaf. Il est maigre, les traits anguleux, avec un long nez crochu, le cheveux rare, planté sur le sommet du crâne comme une crête. Il porte un blouson de cuir et une chemise à petits carreaux bleus et blancs, mais le pli de son pantalon a été fait avec la même précision maniaque que celui de ses amis et ses mocassins de cuir verni brillent impeccablement. Il est le seul à ne pas prolonger l'examen du nouvel arrivant. Un coup d'œil lui a suffi pour le cataloguer et il s'est aussitôt retourné vers les deux autres pour un échange d'opinions.

— Asseyez-vous, asseyez-vous, invite le chauve. Il a un vague accent sud-américain. Bon, on va se tutoyer, d'accord ? Assieds-toi, tu veux un whisky ?

— Non, merci.

Les deux fauteuils confortables sont occupés par l'homme aux cheveux blancs et par la tête de piaf. Le chauve s'installe sur le lit. Miguel doit s'asseoir sur une chaise qui, tout à coup, lui rappelle la sellette des accusés. Il est nerveux. Devant lui, il a le procureur, l'avocat de la défense et le juge. Il quitte ses lunettes de soleil. Il sait que d'ordinaire ses yeux impressionnent ses interlocuteurs. Pour le moment, c'est la seule arme dont il dispose pour s'imposer.

— Bon de quoi s'agit-il ? attaque le chauve.

— Qui vous envoie ? réplique Miguel en voulant faire croire que sa méfiance est un signe d'efficience.

— Caro. Il nous a dit que tu avais besoin de trois types pour un coup, et nous voilà.

— Comment est-ce que vous connaissez Caro?

— À Saragosse beaucoup de gens connaissent Caro.

— Mais vous n'êtes pas de Saragosse. Tu es sud-américain, non?

— Ce n'est pas nous qui sommes ici pour passer un examen, c'est toi, intervient l'homme aux cheveux blancs. Il a une voix de basse profonde et parle lui aussi avec un accent sud-américain marqué, qu'il semble prendre plaisir à exagérer. Il s'exprime avec une remarquable aisance, comme quelqu'un habitué à prendre la parole en public. À toutes fins utiles, je suis le señor García, voici le señor Pérez et lui, c'est le señor Fernández. Nous sommes ici parce que tu as une affaire à nous présenter. Tu as intérêt à être convaincant, et que ce soit une affaire sérieuse. On n'aime pas beaucoup les idées saugrenues et on ne marche pas dans les enfantillages. On est venus pour savoir ce que tu as à vendre et on ne dira « Amen » que si ça pèse suffisamment lourd. Si ce n'est pas le cas, on vous baise les mains, jeune homme. O. K.?

Miguel ouvre la bouche pour répliquer quelque chose comme « Arrête ton char et fourre-toi bien dans le crâne que c'est moi qui commande dans cette histoire » , mais il n'en a pas le temps.

— Première condition pour que l'affaire nous intéresse : pas moins d'un million par tête de pipe, sinon, ce n'est pas la peine de continuer à discuter. Miguel déglutit, ses mains commencent à trembler. Bon, je sais ce que tu vas me dire, qu'on peut jouer de malchance, que d'habitude il y a toujours des tonnes de fric, mais que ce jour-là précisément, il n'y avait qu'un million ou deux, ou rien du tout, bon, d'accord, ce sont des choses qui arrivent, c'est pas de chance. Mais si ça arrive, c'est nous qui devenons les patrons, on prépare un coup qui se tienne et toi tu travailleras pour nous dans les conditions qu'on t'indiquera, ça marche ?

Miguel fait oui de la tête. Il est en train de perdre du terrain et il le sait.

— Deuxième condition, que le plan nous paraisse bon. C'est le dénommé Fernández qui est intervenu. Il est accoudé sur le lit et ses petits yeux sont illuminés par une sorte de gaîté irrépressible. On dirait que tout ça n'est qu'un jeu pour lui. Donc tu as la parole, fais en sorte de nous convaincre que tu as tout prévu et qu'il ne peut y avoir aucun pépin. Si on n'est pas convaincu, adieu, je t'ai vu, d'accord ?

Il avale une gorgée de whisky, fait un large sourire et se couche à demi sur le lit.

Miguel sort son paquet de Celtas et allume une cigarette à la flamme frissonnante de son briquet. Il se racle la gorge et fixe la pointe de ses chaussures.

— Il s'agit d'attaquer un fourgon blindé. Une fourgonnette de la compagnie *Transecur*, Transports de sécurité, qui… Il s'interrompt. Quelqu'un a sifflé. Il y a un certain émoi autour de lui. Il regarde les trois hommes et poursuit : … qui fait tous les lundis la tournée des agences du *Banco Transibérico.*

— Je n'ai jamais entendu dire qu'on ait pu prendre d'assaut un fourgon de ce type, remarque le nommé Pérez, l'homme à tête de piaf, à l'intention des deux autres.

— Comment tu comptes t'y prendre ? Le faire sauter à la dynamite ? ironise le señor García en passant une main dans sa crinière blanche.

Miguel a un geste d'impatience. Il réalise subitement que son plan ne peut pas marcher, que c'est une folie…

Et il maudit mentalement ces trois fils de pute, pour qui se prennent-ils ? …

— Allez, laissez-le continuer, intercède le señor Fernández. Quand est-ce que tu penses agir, de jour, en pleine ville ?

Miguel soupire.

— J'ai l'intention de faire ça le quatorze de ce mois. C'est un lundi. Et le lendemain, c'est le mardi quinze août, c'est un jour férié, la fête de la Vierge ou un truc comme ça. La ville sera complètement vide. La moitié des gens part en vacances et l'autre moitié ne sera pas encore rentrée. Ceux qui restent feront le pont du samedi au mardi. Il n'y aura pas la queue d'un chat en ville.

L'explication a fait son petit effet. Au moins, les trois types ont pu vérifier que le gamin pense. Le chauve, le señor Fernández fait un geste d'assentiment.

— Pas mal vu… Mais, et si les gus du fourgon font le pont eux aussi ? Tu y as pensé ?

— On va le vérifier. Mais si ces types font le pont, vous montez votre plan et je bosse pour vous gratis, comme convenu.

Miguel a parlé d'une voix totalement assurée, d'une façon qui ne laisse pas place au doute.

— Bon, bon, bon, voilà qui me plaît, approuve le señor Fernández comme un professeur qui félicite son élève. Combien est-ce que tu penses que ça va rapporter ?

— Le fourgon sort tous les jours du garage à sept heures et demie. Il se rend dans un quartier périphérique et ramasse l'argent de plusieurs agences avant de revenir au centre-ville. On l'arrêtera après la deuxième banque. À mon avis, ils ramassent environ un million huit cent mille pésètes à chaque arrêt, ce qui fait…

—… Trois millions et demi, intervient le señor García,

impassible. Ce n'est pas énorme. On pourrait attendre qu'ils aient fait trois ou quatre agences de plus, non ?

Miguel secoue la tête.

— Trop de risques par rapport à mon plan. Le fourgon serait déjà dans les rues du centre.

— C'est pas énorme, répète le señor García, pas énorme…

— Ça fait le million par tête que vous réclamiez, non ?

— Combien tu veux pour toi ? intervient le piaf nommé Pérez.

— Avec cinq cent mille, je m'estime heureux. Le reste, c'est pour vous.

Ils se regardent, méfiants.

— Je ne comprends pas…

— Ça ne marche pas…

— C'est toi qui organises le coup et tu penses toucher moins que nous ?

— Explique-nous ça, exige le señor Fernández sans se départir de son air réjoui. Nous sommes en affaires et moi je ne fais pas trop confiance à ceux qui montent des affaires pour gagner moins que les autres. Allez, raconte-nous ça.

Miguel tarde à répondre. Il gagne du temps en tirant sur sa cigarette et en exhalant la fumée lentement. Il vient de commettre une bourde et son pouls s'accélère, il a une sorte de bourdonnement dans les oreilles. Il n'arrive pas à penser. Il aimerait se lever, les envoyer tous se faire mettre et fuir, fuir pour oublier Gallego, et sa vengeance, et ce putain de plan, et la Nena, et tout ce qui s'ensuit. Il se force à sourire.

— Je tiens à attaquer ce fourgon, dit-il sur un ton sans réplique, et au finale, on partagera à parts égales. Ce que je veux dire, c'est que… Eh ben, sans vous, le coup ne peut pas se faire. Alors, si vous prenez une brique, moi, je préfère cinq cent mille à rien du tout…

Ils ne sont pas convaincus, mais le señor Fernández fait un geste d'assentiment, comme s'il acceptait l'explication. Le señor Pérez se frotte les yeux, rejette la tête en arrière et se perd dans la contemplation du plafond. Le señor García conclut :

— Attention, hein ? Pas de mystères, ni d'affaires personnelles ! Je veux un braquage propre, sans coup de feu. Comment est-ce que tu penses agir ? Tu ne crois quand même pas que tu vas pouvoir bloquer le véhicule et menacer les gardes ? À l'avant, il y a des vitres à l'épreuve des balles et à l'arrière, les types sont enfermés et n'ouvriraient pas à leur propre mère.

— Vous avez des armes ? demande Miguel après s'être raclé la gorge de nouveau.

— Des automatiques. Deux neuf millimètres et un sept soixante-quinze, répond le señor Fernández. Ça suffira ?

— Oui, sans problème. C'est plus qu'il n'en faut.

— Tout ça ne me dit rien qui vaille, s'exclame le señor Pérez, les yeux rougis. Voyons voir, de combien d'argent est-ce qu'on dispose ? Qui va payer cet hôtel ?

Un tressaillement descend le long de la colonne vertébrale de Miguel.

— Moi, dit-il.

— Est-ce que tu sais s'ils contrôlent la numérotation des billets ? poursuit le señor Pérez d'un ton rogue, disposé à démonter son plan. Et qu'est-ce que tu as prévu pour notre fuite ?

Miguel a envie de crier, de pisser, de chier, il est sur le point de se lever et de prendre ses jambes à son cou. S'il reste cinq minutes de plus dans cette chambre, les larmes vont de nouveau se mettre à couler, Dieu du ciel, dans quel merdier s'est-il fourré ! ...

— Tout est prévu, y compris votre fuite ! Vous vous tirez à l'étranger, en Suisse ou ailleurs, tout de suite après le braquage, en emportant le fric. Il sera caché sous des piles de journaux illustrés...

— Ce qu'on fera du blé, coupe le señor García, et où on ira après le coup, c'est notre affaire. Lorsqu'il parle de fuite, le señor... Pérez se réfère au moment qui vient immédiatement après l'attaque du fourgon...

— Tout est prévu, absolument tout... insiste Miguel en serrant les mâchoires, désespéré, sur le point d'éclater.

— Voyons, intervient le señor Fernández, conciliant. Commençons par le début. Du calme, prends un verre, mon garçon, et calme-toi...

Il se lève et sert une tournée de whisky.

— Ça ne me plaît pas, ça ne me plaît pas du tout, répète le señor Pérez.

— Écoute, le coupe le señor Fernández avec un soupçon d'impatience, chacun de nous ici a intérêt à ce que cette affaire marche, tu ne crois pas ? Alors ce qu'il n'aura pas prévu, c'est à nous de le prévoir, d'accord ? D'ici au quatorze août, on a un peu plus d'une semaine pour ça. Parlons plutôt du plus important, maintenant... Il tend un des verres à Miguel et le regarde droit dans les yeux. Comment est-ce que tu penses attaquer ce fourgon, Dientes ?

Le señor Garcia aussi le regarde, avec la plus grande attention.

Miguel avale une longue gorgée de whisky, pousse un profond soupir, et explique son plan.

X

SAMEDI 5 AOÛT

4 h du matin

La montre Baume-Mercier, avec ses deux cadrans et ses deux heures différentes, est une machine hypnotique. Il est quatre heures du matin ou bien onze heures du soir. Choisis ce qui te convient le mieux.

Une main délicate tourne la poignée de la porte. C'est elle. Les cheveux balayant ses épaules. Une splendeur. Ses yeux, sa poitrine qui tend le tissu rouge de son chemisier, son pantalon blanc qui moule son ventre et ses jambes. Une merveille. La Nena le regarde, surprise.

— Ferme la porte à clé, dit-il.

Elle tarde à réagir. Il lui faut quelques instants pour détourner son regard du corps nu de Miguel. Des larges épaules, des hanches minces, du sexe au repos entre les cuisses, des jambes nerveuses. Elle tend le bras vers la serrure, tourne la clé, fait de nouveau face à Miguel, une expression différente sur le visage. Ses yeux brillent, son sourire étincelle, elle a un air coquin, malicieux.

— Mais c'est qu'il a de mauvaises intentions, aujourd'hui, mon Miguel… Et elle grimpe sur le lit.

Sa main s'approche du sexe de Miguel, mais il la saisit par le poignet et la regarde, l'œil torve.

— Où as-tu été ?

Elle est déconcertée. Un doute et le sourire renaît.

— Hier, j'ai travaillé pour toi, Miguel... J'ai suivi Gallego.

Les yeux de Miguel continuent à ne laisser transparaître aucune émotion.

— Qu'est-ce que tu dis ?

— Ton problème, mon grand, c'est que tu es un vrai loup-garou. Tu as besoin qu'on t'aide, c'est tout. Je voulais savoir où vivait Gallego, alors voilà. Marujo m'a dit où il bossait et hier, j'ai été l'attendre. Il est rentré à sa boîte à deux heures et quart, dans une de leurs camionnettes rouges et vertes. Il était avec trois autres types. J'ai attendu. Ils sont ressortis tous ensemble. Il était trois heures moins vingt, et ils n'avaient plus leurs uniformes. Gallego a pris congé des autres et il est rentré chez lui en voiture. C'était prévisible. J'avais demandé à un ami chauffeur de taxi d'être là...

Saloperie de petite pute de merde, pense Miguel.

— Tu lui as parlé ?

— Pas du tout ! Pourquoi j'aurais été lui parler ? Je l'ai suivi, c'est tout ! Et il habite... Attends, je l'ai noté là... Elle fouille dans son sac, en sort un papier. Calle Borrell, un immeuble moderne tout près du marché San Antonio. J'ai interrrogé le concierge, il m'a indiqué l'appartement et tout...

Miguel lui arrache le papier des mains.

— Tu pourrais pas te mêler de tes oignons ?

— Écoute, Miguel, j'ai fait ça pour te donner un coup de main...

— Tes coups de main, j'en ai rien à branler.

Elle prend soudain un air tout sérieux, sort une liasse de billets de son sac.

— Et ça, t'en as quelque chose à branler, peut-être? Miguel cligne des yeux, immobile Tiens, prends. Il y a deux cent cinquante mille pésètes

— D'où tu sors ça?

— Et qu'est-ce que ça peut faire?

— Où tu as eu ce fric?

— En faisant le trottoir! Et il y a mes économies. Au *Palmer*, je touchais cinquante sacs, figure-toi! Alors, tiens! Et elle jette l'argent juste entre les jambes de Miguel, et se lève. Qu'est-ce que ça peut foutre que je fasse le trottoir? Je le fais pour toi, non? Et en plus, tu ne m'as rien demandé, c'est moi qui l'ai voulu, c'est tout. Qu'est-ce que tu veux de plus? Bon, tu le gardes, ce fric, ou je le reprends?

Elle est sérieuse, blessée, comme si le silence de Miguel était une insulte. Un frémissement agite les commissures de ses lèvres.

— Viens ici, ordonne Miguel.

— Pourquoi faire? La peur se peint sur son visage.

— Viens ici, je te dis! répète-t-il du même ton serein.

— Écoute, Miguel. Sa voix tremble. Je l'ai fait pour toi, en pensant que ça t'était égal...

— Et ça m'est égal. Viens, insiste-t-il, sans bouger, comme figé sur son lit

— Tu vas me frapper. Elle est au bord des larmes.

Miguel baisse les yeux, vaincu, et secoue la tête. La Nena s'assied sur le lit, en lui tournant le dos.

— Miguel, ce fric, je ne l'ai pas tout gagné de la même manière... D'abord, j'avais des économies, je voulais m'acheter un appartement, c'est vrai, tu sais... Et puis, il y a trois jours, j'ai dit aux patrons du *Palmer* que j'en avais ma claque, que c'était terminé. J'ai été sur l'avenida de Sarriá, c'est là que ça marche le mieux, le tapin, et je me suis fait dix sacs par nuit… Écoute… Je l'ai fait en pensant à toi… Si tu veux je reprends trente mille pésètes et tu gardes le reste… c'est mes économies, je te jure que c'est la vérité vraie, et je te les donne parce que j'en ai envie, et…

Soudain, comme poussée par une impulsion brutale, elle quitte son chemisier. Elle a défait les boutons en parlant, le dos tourné, et se débarrasse du léger vêtement d'un geste, comme elle le fait aussitôt de ses escarpins, puis, se levant et se tortillant, toujours de dos, du pantalon qui lui moule les hanches. Elle porte une culotte brodée de soie rouge, qu'elle ôte également avant de se retourner, splendide dans sa nudité.

— Tu veux bien, Miguel?

Elle se jette sur lui et le couvre de baisers. Miguel se surprend à répondre à cet assaut imprévu par des baisers tout aussi passionnés que les siens. Des lèvres humides découvrent des saveurs d'épiderme, des langues avides s'offrent et se dérobent, sa bouche à lui s'attarde sur un sein et gobe un mamelon plus doux que toute chose au monde, une main fiévreuse qui cherche un sexe, des soupirs féroces et des ronflements désespérés, changement de posture et le sommier scande leurs ébats, cric, cric, cric, bras et jambes s'emmêlent et se démêlent, la Nena cherche fébrilement à mettre Miguel en état… Ils ne parlent pas, s'empoignent avec avidité, c'est une lutte folle, sans règle et sans merci. Ils tombent sur le côté, se touchent et se caressent comme s'ils voulaient s'arracher des lambeaux de peau, le sommier fait cric, cric, elle s'empare de sa verge, impatiemment, il a mis un doigt dans son sexe. Ils se masturbent avec force, s'épuisent aussitôt, mais ne peuvent en rester là. Ils sont en nage, tremblent, halètent et évitent de se regarder dans les yeux, jusqu'à ce qu'elle exige

« Laisse-moi faire » et s'applique de tout son savoir à l'exciter, avec les doigts, avec la bouche, en un va-et-vient frénétique, et Miguel sent la boule qui revient dans sa gorge, et renonce, « Arrête, Nena, arrête ». Mais elle refuse d'abdiquer, elle est comme l'assoiffé qui a découvert une très vieille fontaine et qui actionne le bras de la pompe encore et encore, de haut en bas, encore et encore, il doit bien sortir quelque chose de là, nom de Dieu ! … Et lui, « Arrête, Nena, laisse tomber, c'est pas la peine… ».

— Arrête, bordel ! Je t'ai dit d'arrêter, maintenant, t'as compris ?

Et elle cesse, à genoux sur le lit, lui tournant le dos, immobile, ses fesses frôlant le visage de son partenaire. Miguel l'étreint furieusement, baigne son corps de ses larmes en geignant « Quelle merde, Nena, putain, quelle merde ! … »

La Nena se libère de ses bras avec une moue d'ennui, se laisse tomber sur le côté, glisse sa main entre ses cuisses et se caresse, en regardant le plafond, les murs, n'importe où à condition de ne pas le voir, lui, ses larmes, son visage déformé par la détresse. Elle se masturbe avec un ronronnement de chatte, se met à gémir doucement en bougeant la tête de gauche à droite, tandis que Miguel, couché sur le dos, se mord les lèvres, en ravalant ses sanglots et ses hoquets de rage douloureuse, et elle finit par se tordre sur le lit en poussant de petits cris sourds, « han, han, han » et en heurtant à chaque mouvement les jambes de Miguel.

— Arrête ça, Nena, enlève ta main de là, crie-t-il en se jetant sur elle comme une bête sauvage.

La Nena le repousse d'un trépignement de jambes furieux et irrationnel, et c'est un véritable combat qui se livre. Ses doigts poursuivent leur danse au creux de son corps, et elle continue à pousser ses feulements de plaisir loin, très loin de là. Miguel revient à la charge, la saisit par le poignet et s'efforce d'écarter sa main... La Nena se retourne vers lui comme une furie, ses yeux étincellent de haine, et sa bouche se déforme en un rugissement inhumain :

— Noooon ! ! !

Elle se laisse tomber hors du lit. Miguel en fait autant mais en vain, les doigts ont repris leur course folle. « Arrête ça, Nena » , mais les gémissements reprennent. « Arrête ou je te claque, Nena ! » , mais il ne parvient pas à le faire, il lève la main et sa main n'obéit pas, il ferme le poing et son poing reste en l'air, la jointure des doigts blanchie et les ongles lui rentrant dans la paume jusqu'à la souffrance. Miguel se mord le poing comme s'il voulait l'avaler, bâillon qui étouffe son cri de bête blessée et prise au piège. Et la Nena gémit et se tord comme un animal à l'agonie, comme un taureau qui reçoit le coup de grâce, puis elle pousse un long soupir et s'allonge sur le sol. Miguel collé contre elle pleure irrépressiblement.

— Nena, Nena, Nena...

Puis la vie reprend lentement, avec des mouvements harassés, des épidermes qui s'effleurent à peine. Elle le regarde. Miguel reste à terre, le visage contre les dalles crasseuses, les reins tendus, les ongles griffant le sol comme s'ils voulaient en extirper toute la merde, répétant entre ses dents : « Bordel de merde de bordel de merde de bordel de merde... ». C'est le dos d'un homme anéanti qu'elle caresse maintenant.

— Laisse-moi, ne me touche pas !

La Nena insiste et Miguel, peu à peu, se relâche. Ses mains cessent de griffer le sol pour aller à la rencontre d'un contact, d'une caresse, d'une étreinte. Ils se meuvent tous deux comme des serpents aux aguets, au ralenti, et essaient de se mouler l'un sur l'autre. Miguel se retrouve serré dans les bras de la Nena, baigné d'une odeur de vie et de sueur, embrassant sa poitrine, et s'attardant sur la pointe des seins. La jeune femme lui caresse la tête sans aucune trace d'émotion sur son visage épuisé.

— Reste avec moi, Nena, dit-il tout à coup. Tu verras quand j'aurai réglé son compte à Gallego, ça va changer, tu verras. Ne t'en va pas, Nena, reste avec moi…

Le visage exsangue de la jeune femme reste impassible.

Deuxième partie

XI

DIMANCHE 13 AOÛT

10h du matin

Salvador Gallego Perea est un homme fatigué dès les premières lueurs de l'aube. Pendant toute une période (jusqu'à son mariage, prétend-il) il n'existait personne d'aussi dynamique et beau gosse que lui. Maintenant, chaque fois qu'il se regarde dans la glace, il a la nostalgie de ces temps révolus. Il a des poches sous les yeux et ses pupilles sont aussi expressives que celles d'une carpe. Il se remémore l'époque où il était élégant, de belle stature, avec un sourire charmeur au coin des lèvres, il embarquait chez lui toutes les femelles qui lui plaisaient. Lorsqu'il arrivait à la Brigade, entraient avec lui la bonne humeur, les blagues, les rires et les claques dans le dos. C'est si loin, tout ça, à présent, il y a eu tellement de déceptions depuis… À un moment, il se palpait le ventre en pensant « Il faut que tu te surveilles toi ». Maintenant il ressemble à un tonneau. Toujours la même rengaine, la boisson, la lassitude, résultat… La coupable de tout ça, c'est Pilar, tiens…. Salvador ouvre une bouche grimaçante face au miroir, en s'efforçant de découvrir toutes ses dents. Il examine la nicotine, les caries, et il se souvient de son sourire étincelant lorsqu'il entrait dans les dancings et que les gonzesses lui présentaient leur décolleté en s'offrant gratis, en veux-tu, en voilà, gratis ! Il referme les mâchoires avec une grimace de dégoût. Tout le dégoûte : la maison qu'il habite, la femme avec qui il vit, et leurs deux gosses, ils auraient mieux fait de s'abstenir, pour ce qu'ils sont devenus. Le pire c'est qu'il se dégoûte lui-même. Ce ventre bedonnant, cet air aigri, c'est le mariage, tout ça, c'est la faute à Pilar ! Et pourtant elle était belle la Pilar. Et elle lui en avait manifesté, de la reconnaissance ! Elle travaillait comme danseuse au *Molino* et sans lui, elle aurait fini comme entraîneuse à la *Bodega Bohemia*, ou à tailler des pipes dans le Barrio Chino, car elle bougeait son cul avec autant de grâce qu'une bourrique chargée de foin, pauvre pomme. Mais elle avait un corps fait au tour, avec des seins comme des soleils et des jambes, il fallait voir ça. Et puis, un caractère fantastique, toujours souriante, affectueuse, toujours prête à déconner aussi, elle racontait les blagues comme personne. Être et avoir été ! Une vraie serpillière, à présent ! Bouffie comme une vache, avec un regard vitreux et des poches sous les yeux, elle aussi. Mais quel âge peut-elle bien avoir, maintenant ? Elle a cinq ans de moins que toi et on dirait ta grand-mère. Regarde-la, dans un de tes vieux peignoirs trop grands pour elle, avec sa gueule de catastrophe naturelle, qu'elle n'ouvre que pour débiter des conneries ou pour râler, cette pétasse ne sait rien faire d'autre que râler…

— Te presse pas, surtout, tu sors quand tu veux de cette putain de salle de bains, on a tout notre temps, nous…

Tout est de leur faute. Pilar et les deux gamins qui le tuent à coups de contrariétés. S'il ne leur serrait pas la vis, ils finiraient mal tous les deux, son fils voyou et Pili putain, des jeunes d'aujourd'hui, ingrats, sans scrupules. À quoi ça sert, les années d'études que tu leur as payées, tous ces sacrifices pour qu'ils fréquentent des collèges privés ?

Il se passe de la brillantine dans les cheveux et se peigne avec soin. À peu près la seule chose qu'il n'ait pas perdue, et comme il se les teint, ils sont restés tels qu'autrefois, la moustache aussi est la même. D'ailleurs parfois, comme maintenant devant son miroir, ces cheveux et cette moustache semblent faux. Ce sont ses cheveux et sa moustache collés sur un raté.

— Bon, ça va bien, maintenant, je vais me pisser dessus ! brame la Pilar, râle encore une fois de plus la Pilar qui n'ouvre son groin que pour clabauder et qui aurait mieux fait de rester putain à la *Bodega Bohemia*.

— Ça y est, bordel, ça y est, t'es tout le temps en train de braire, putain. On est toujours en retard à cause de toi et en plus, il faut que tu me gueules après !

Il sort de la salle de bains et Pilar se rue à l'intérieur. À la porte de sa chambre, Gallego se retrouve nez à nez avec sa fille, vêtue d'une chemise que de son temps à lui, seules les prostituées auraient portée.

Il entre dans sa chambre et commence à s'habiller, ses vêtements sont éparpillés un peu partout. Au début de leur mariage, la Pilar disposait soigneusement son linge sur une chaise, le maillot de corps, la chemise propre, les chaussettes... Maintenant s'il ne le fait pas lui-même... Bon, ben si elle est fripée, elle est fripée, qu'est-que ça peut foutre ? Mais qu'elle ne vienne pas le saouler avec ses cris et ses reproches

— Et le *nene* ? crie-t-il soudain, tout en bataillant avec son nœud de cravate devant la glace. Où il est le *nene* ?

— Il dort, répond la voix de Pili.

— Il ne vient pas ?

— Qu'est-ce que j'en sais moi ?

Salvador entre dans la chambre de son fils qui dort comme un loir, à moitié nu. Il l'attrape par un bras et le secoue.

— Eh, Salvito ! Eh, réveille-toi, on s'en va !

Le *nene* grogne, ronchonne, ce qui fait le même effet à Gallego que s'il l'avait envoyé promener.

— Quelle heure est-il ? demande une voix rauque.

— Dix heures passées ! On va avoir du monde sur la route !

— Je laisse tomber, papa. Je me suis couché tard.

— Et la faute à qui, si tu t'es couché tard ? À quelle heure, d'abord ?

— À quatre heures…

— Et tu as traîné où jusqu'à quatre heures, abruti ?

— Papa, j'ai vingt ans… gémit le *nene*, en se retournant pour mieux s'installer dans le lit et échapper aux griffes de son père.

— Vingt ans ! s'exclame Salvador avec dédain. Il sort de la chambre comme une furie. Vingt ans ! Moi, à cet âge… ! Pour une fois que nous pouvons être tous ensemble, cette crapule se couche à quatre heures ! Va savoir ce qu'il a fait jusqu'à quatre heures !

— Allons, allons, ne fais pas d'histoires ! dit Pilar qui sort de la salle de bains avec autant de peinture sur le visage qu'un Iroquois sur le sentier de la guerre.

— Moi, je fais des histoire ? Alors on se réjouit à l'idée de passer une journée en famille, et cet abruti, parfaitement, c'est un abruti, il nous laisse tomber sous prétexte qu'il est rentré à quatre heures ! À quatre heures ! Il n'y a que les voyous qui sont encore debout à une heure pareille ! Ou bien tu es allé aux putes ? Heiiin ? Gallego retourne à la chambre de son fils sans en franchir le seuil. C'est ça, hein, tu es allé aux putes ?

— Salvador, supplie Pilar en finissant de s'habiller. Laisse-le. Ne gâchons pas la journée…

— Gâcher la journée, gâcher la journée… Il tombe à nouveau sur Pili, revêtue de sa chemise de putain. Et toi, qu'est-ce que tu attends ? On va avoir du monde sur la route !

— Ouais, j'arrive papa, j'arrive…

— Et ne réponds pas à ton père comme si tu allais te pendre ! Pilar ! Le café est prêt ?

La question provoque un hurlement. Il ne se passe pas un jour sans que Pilar se mette à brailler à en perdre la raison.

— Mais tu ne vois pas que je suis en train de m'habiller ? miaule-t-elle. Un peu de patience ! Si tu n'étais pas resté trois heures dans la salle de bains, on serait déjà partis !

— Ben voyons, maintenant c'est de ma faute ! Je suis le premier debout, tous les jours levé à sept heures et c'est ma faute si on est en retard ! Bordel de merde, tu ne prétends quand même pas me dire ce que je dois faire !

— Si tu ne veux pas y aller, on n'y va pas, tu sais ! Si tu préfères, on reste là et tu vas retrouver tes copains ! Viens pas me soûler avec tes petits problèmes un dimanche !

Pilar est à la porte de sa chambre, fagotée comme l'as de pique, un véritable épouvantail, et en plus, elle monte sur ses ergots, cette gueularde ! C'est férié et des fois on est plus tranquille les jours de travail !

Pilar s'enferme dans la cuisine pour préparer le petit déjeuner en marmottant dans sa barbe. Salvador remâche sa rancune entre ses dents. Pili sort de la salle de bains avec un air d'immense lassitude. Une tête de vieille, se dit Salvador en faisant les cent pas, nerveux. Va savoir si elle encore vierge, de nos jours on n'est jamais sûr, même avec les filles de quatorze ans. Toutes des garces, insolentes. Même si elles ont fréquenté les collèges de nonnes et côtoyé les bénitiers, elles finissent toutes pareilles : de la graine de pute. Pas étonnant, avec ce qu'on voit au cinéma, dans les revues et partout, on ne peut même plus sortir de chez soi.

— Vous allez voir le peuple qu'on va avoir sur la route, dit Gallego en avalant une gorgée de café. Putain, ça brûle !

— Je viens de le faire, il sort du feu ! réplique Pilar.

Bon, reste calme Salvador, reste calme, sinon tu vas te gâcher ton dimanche. Bande d'enfoirés, non seulement tu ne fais pas le pont, mais il ne manquerait plus qu'on te gâche ton dimanche.

— Et comment il va faire, le *nene* ? demande-t-il en baissant le ton devant une Pilar harnachée comme pour un spectacle à l'Opéra. Il va manger tout seul ?

— Bah, il se débrouillera ! Il crèvera pas de faim, va !

— Quelle famille ! Jamais vu une famille aussi unie ! Chacun fait ce qui lui plaît ! Il ne manquerait plus que toi tu ailles manger à *Las Planas* et moi au bistrot…

— Ça ne te déplairait pas vraiment… insinue Pilar.

— Bon ça va pas recommencer, hein, pas aujourd'hui !

Ils avalent leur déjeuner debout, en vitesse, sans se regarder.

— Et Pili ?

— Elle arriiive, dit Pilar sur un ton d'infinie patience.

— Elle arrive, putain, elle arrive. Tu vas voir le monde qu'on va se taper sur la route !

— Mais le dimanche, c'est toujours comme ça, Salvador…

— Le dimanche, ouais, le dimanche…

N'y tenant plus, Gallego sort en premier pour aller chercher la voiture au parking. Il sait que pendant qu'il attend en bas, Pilar et la Pili vont courir de tous côtés comme deux hystériques, à chercher partout les affaires qu'elles auront oubliées, car elles oublient toujours quelque chose, et elles mettront encore une demi-heure à descendre. Quelle idée de te fourrer dans une galère pareille, Salvador, mais qu'est-ce qui t'a pris ? Il grille sa troisième cigarette quand elles arrivent, avec leurs sacs, leurs paniers, leurs paquets et tout le saint-frusquin. Il démarre et la Ritmo remonte en trombe la calle Borrell, « vous allez voir ce peuple, vous verrez que j'avais raison… ».

— Vous voyez ? dit-il un quart d'heure plus tard, coincé au milieu de cinq autres voitures sur la Diagonal. Putain, mais c'est pas possible, tous les dimanches c'est pareil !

— Ce qui te fout les boules, dit Pilar sur un ton conciliant, c'est que tu dois aller travailler demain…

— Moi ? Qu'est-ce que je m'en… !

— Mais si, Salvador, tu te faisais une joie d'aller voir ton frère à Vilanueva, mais si on peut pas, on peut pas, Salvador, fais-toi une raison… On ira un autre week-end…

— Tout le monde fait le pont et nous, allez, au boulot ! éclate-t-il.

La longue file de voitures avance lentement sur la Diagonal, feu après feu et cet idiot qui est tombé en panne et cet autre qui s'arrrête à l'orange, on ne va pas y passer la journée, putain de merde, allez avance, je vais caler. Et la Pilar a gagné, elle fait toujours mouche, elle t'a remis en tête que tu travailles demain et que durant cette fin de semaine à rallonge tu aurais pu aller chez ton frère, à la plage, à Vilanueva, au moins avec ton frère tu t'entends bien et tu sais à quoi t'en tenir…

Demain il faut aller bosser. Mais putain, qui peut bien travailler un lundi quatorze août, veille de fête ?

XII

LUNDI 14 AOÛT

6h du matin

Avant-hier, le señor García a loué une GX dans une agence de la travesera de las Corts. Hier, dimanche, le señor Pérez, la tête de piaf, a loué une Peugeot à l'aéroport. Ils ont garé les deux voitures l'une derrière l'autre dans le passage en terre battue qui débouche sur la calle Gacela.

Ce secteur est comme un immense désert calciné, flanqué de grands blocs d'immeubles carrés et inhospitaliers. Ce qui un jour doit devenir un jardin ressemble pour le moment à un terrain vague dont la terre battue ne laisse pas même pousser un brin d'herbe.

Aucune porte ni fenêtre ne donne sur la ruelle non pavée et la calle Gacela semble aussi abandonnée que si elle avait été déclarée zone sinistrée. Sur trois magasins de suite (une papeterie, une épicerie et une quincaillerie) on peut voir des pancartes écrites à la main : « En vacances du 1er au 15 août » , ou bien « Fermé du 12 au 31 août ».

C'est l'endroit idéal.

Après avoir garé les voitures, le señor García et le señor Pérez se sont rendus à l'hôtel, ont payé leur note et emporté leurs affaires. Ils ont retrouvé l'homme chauve, le señor

Fernández, dans un luxueux établissement de la Diagonal. Ils ont laissé leurs valises dans la fourgonnette que Miguel avait volée l'après-midi même et sont allés au cinéma.

Tous trois ont passé une nuit blanche à récupérer des barrières métalliques, celles que les services de voirie utilisent pour délimiter les zones de travaux sur la voie publique. À cinq heures du matin, le señor Fernández est allé retrouver Miguel et les deux autres sont retournés à la calle Gacela, ont enlevé la Citroën et la Peugeot et ont isolé l'emplacement avec les barrières de la voirie. Puis, le señor Pérez est allé rendre la Peugeot à l'aéroport. Le señor García, revêtu d'un bleu de travail et coiffé d'un casque jaune en plastique, est resté pour surveiller l'endroit réservé par les barrières, il a teint ses cheveux en noir et remplacé ses lunettes par des lentilles. L'attente lui a paru longue et ennuyeuse mais personne ne l'a dérangé.

Pendant ce temps, Miguel et le señor Fernández se sont procuré un énorme camion Pégase à trois essieux, à proximité de la Estación del Norte. Ils n'ont eu aucune difficulté pour forcer la serrure et faire sauter le Neiman.

Durant tout le trajet jusqu'à la calle Gacela, Miguel n'a pas dit un seul mot. Il n'a pas répondu aux boutades, pas plus qu'au bavardage sans substance du señor Fernández. Il a seulement accepté le cachet d'amphétamine que celui-ci lui a proposé, mais c'est tout. Dès le début, il s'est vu supplanté par ses trois complices dont l'efficacité et la résolution étaient inégalables. Ils ont pris les meilleurs rôles et il se sent relégué au simple rang de coursier. Ils ont refusé le truc des revues pour la fuite, lui laissant entendre qu'ils ne pensaient pas fuir à l'étranger; ils ont choisi un endroit différent de celui qu'il avait repéré pour l'attaque, l'ont fait taire plusieurs fois et en sont même arrivés à douter de lui.

— S'il se fait pincer et qu'il nous balance celui-là? a demandé le piaf baptisé Pérez.

— Bah, qu'est-ce qu'il peut dire? C'est le dénommé Fernández qui a volé à son secours. Il ne nous connaît absolument pas, il ne sait pas qui nous sommes, ni comment nous nous appelons ni où nous vivons...

Miguel supporte tout ça parce qu'il sait que grâce à eux il se retrouvera face à Gallego, le revolver au poing. Il a pensé plusieurs fois à tuer le señor Pérez, celui qu'il supporte le moins. Une balle dans la tête lors du hold-up et terminé. Mais il y a renoncé. Le plus important c'est Gallego, Miguel, ne va pas tout foutre en l'air maintenant.

Le señor Fernández met presque un quart d'heure pour garer le camion dans le passage en terre battue, tandis que Miguel et le señor García retirent les barrières. L'opération terminée, ils ôtent leurs casques, leurs bleus de travail et laissent le tout à l'arrière du camion avant de se séparer.

— Toi, Miguel, dit le señor García d'un ton trop autoritaire, emmène la fourgonnette n'importe où loin d'ici. Tu déjeunes et tu rappliques à neuf heures. O. K.? Moi j'irai rendre la Peugeot où je l'ai louée. Toi, désignant le señor Fernández, tu surveilles le coin et tu t'arranges pour faire fuir les gêneurs. O. K.? À neuf heures ici.

7h30 du matin

L'équipe du fourgon B sort des vestiaires, traverse le hall de l'entreprise et une fois dans la rue, se dirige vers son véhicule. Luis, le plus jeune des quatre est silencieux et taciturne. On leur avait laissé entendre qu'aujourd'hui ils pourraient faire le pont et, au dernier moment, ils ont dû aller travailler. «Non, non, les gens de la banque disent qu'il faut faire comme tous les lundis.» Luis s'était fait tout un plan avec une fille qu'il vient de rencontrer et ça l'emmerde de lui avoir posé un lapin. Campillo, grand et dégingandé, se fout de lui. Campillo, lui, se fiche complètement de ne pas avoir eu de jour de congé. Pour lui la fête commence à six heures du soir, lorsque les putes descendent dans la rue, et pour ça n'importe quel jour est valable, qu'il soit férié ou non.

— Tu sais ce que c'est ton problème? dit-il en grimpant dans la cabine à côté du chauffeur. Tu ne baises pas assez...

Luis, installé au volant, le prie d'aller se faire foutre.

Lisarte et Gallego montent à l'arrière. L'un allume la lumière à l'intérieur, l'autre referme la porte et la verrouille avec le bouton de sécurité. Il fait une chaleur épouvantable là-dedans, c'est à peine si on peut respirer. En été, cette cage est pire qu'un four. Gallego éponge sa sueur et ronchonne.

— Bande de salopiauds... Baiser, baiser... Vous ne pensez qu'à ça.

Lisarte a quarante-deux ans et se considère de la même génération que Gallego. Il branche son petit ventilateur à piles, et, tout en se rafraîchissant, sourit avec indulgence.

— Bordel... Mais à leur âge on pensait à la même chose...

— Oui, mais nous on allait aux putes, Lisarte, c'est pas la même chose. Nous, on faisait ça pour rigoler, tandis qu'eux, c'est leurs fiancées qu'ils veulent baiser...

Gallego donne une claque sonore sur la paroi qui les sépare de l'avant du véhicule. On entend la voix de Campillo, euphorique :

— On y va!

— Parce que toi, insiste Lisarte, histoire d'alimenter la conversation, tu ne cherchais pas à la baiser, ta femme, quand vous étiez fiancés... ? Ce qui se passe, c'est qu'à l'époque ça ne se faisait pas, alors que maintenant ça se fait... Eh, ben, que ça se fasse...

— Écoute Lisarte... J'ai une fille de quatorze ans...

Le fourgon s'est mis en marche.

8h15 du matin

— Ne t'en fais pas Luis, putain, tu finiras bien par te la sauter cette Isabelle... Tu sais ce qu'il dit Dali ? Le peintre... Eh ben, quand tu as envie de faire quelque chose, ce qu'il y a de mieux à faire c'est d'attendre le plus longtemps possible avant de l'obtenir. Je l'ai lu dans un magazine. Parce qu'il dit que c'est bien meilleur. Moi, par exemple. Je vais calle Robadors et je commence par mater. Il y a une nana, la Rosa qu'on l'appelle, un super coup, tu vois. Eh ben, j'attends, figure-toi. Je suis là pour mater et m'exciter, alors je la regarde partir avec un gars et je m'imagine ce qu'ils peuvent être en train de faire, tu vois ? La fièvre me prend, tout de suite la fièvre me prend, je bande, tu vois ? Parce que moi quand ça me prend, ça me prend. Mais je reste tranquille, debout. La Rosa revient mais j'attends encore, qu'elle s'en aille avec un autre et en plus je me bois deux ou trois anisettes, tu vois ? Pour me mettre en forme. Il y a des fois où j'attrape une de ces douleurs de burnes, insupportable. Mais je reste tranquille. Et quand vraiment je n'en peux plus, « Rosa, on monte ! » Et alors là mon gars on baise comme des dieux, c'est moi qui te le dis. Putain, le grand jeu, tu vois...

Après avoir traversé Barcelone d'un bout à l'autre par

la Gran Vía, pris la Meridiana et dévié par Concepción Arenal, la fourgonnette s'arrête devant la succursale 711 du *Banco Transibérico.* Avec l'habituelle économie de gestes, des gestes appris et répétés mille fois, Gallego, Campillo et Lisarte entrent dans la banque. Le coffre-fort est déjà ouvert et les sacs de billets et de monnaie sont prêts. Tant de billets de cinq mille, de mille, de cinq cents... Total : 3. 080. 750 pésètes.

Campillo et Lisarte ouvrent l'étui de leurs revolvers, prêts à dégainer et protègent le chargement. Gallego met trois sacs dans la fourgonnette et les trois hommes regagnent leurs places avant de poursuivre le parcours habituel.

— Mais pour lui c'est pas pareil, putain, Campillo, dit Luis reprenant la conversation.

— Bien sûr, bien sûr, c'est différent... répond Campillo sans lui prêter réellement attention. Mais bon, Dali a de ces trucs... Et il dit que pour tout il faut faire comme ça, pour aller pisser, chier, pour tout. Et il a raison ce mec tu sais ? Regarde, quand tu as très envie de pisser et que tu te retiens, parce qu'il n'y a pas de chiottes dans le coin par exemple, et que tu te pisses presque dessus, que t'en peux plus... Ben, quand finalement tu cours vers les pissotières et que tu te plantes là, avec la goutte au bord du jonc, tu sais ? Et que tout à coup tu peux, et que tu te laisses aller, psssssssss... Putain, ça fait un bien...

— Ta gueule, merde, tu vas me donner envie de pisser... réplique Luis. Et ils se marrent tous les deux.

9h du matin

Quatre ouvriers bien équipés, combinaisons bleues, et casques jaunes, se réunissent à côté d'un camion de marque Pégase garé tout près de la calle Gacela. L'un d'eux, aux allures de chef d'équipe donne des ordres énergiques. Ils déplacent des barrières métalliques d'un endroit à un autre. Ils ont l'air d'attendre quelque chose ou quelqu'un qui est en retard. Celui qui paraît être le chef d'équipe allume une cigarette, et n'importe quel témoin fortuit de la scène en déduira que les travailleurs espagnols sont comme ça. Ils fument en toute tranquillité, appuyés contre un mur, ou font semblant de travailler de-ci de-là, mais en fait, rien ne se passe. Si quelqu'un s'arrête pour regarder, il passera son chemin rapidement, désabusé, parce que regarder des gens qui ne font rien est totalement dépourvu d'intérêt.

Dans les poches de leurs bleus de travail, les automatiques pèsent de tout leur poids.

9h20 du matin

Le fourgon B de la *Transecur* s'arrête devant la succursale numéro 826 du *Banco Transibérico* de San Andrés. Installée vers la zone industrielle du Besós, à proximité des entreprises, usines et bureaux, cette agence voit transiter beaucoup d'argent. Même en milieu de mois, le volume des opérations de caisse est important, et l'agence prend soin de ne jamais conserver trop d'argent dans ses coffres par crainte des hold-up. Ce n'est pas un quartier tranquille, répète le directeur, qui vit dans une crainte perpétuelle. C'est sur ses instances, en particulier, qu'a été mis en place ce ramassage hebdomadaire des fonds.

Tant de billets de cinq mille, tant de mille, tant de cinq cents, tant de cent... Total : 3. 143. 545 pésètes.

Le cérémonial habituel, pour transporter l'argent jusqu'au fourgon, se répète. Campillo grimpe ensuite dans la cabine, où l'attend Luis ; Lisarte et Gallego s'enferment dans la cellule arrière et sont attentifs à l'itinéraire suivi. Ils passent sous l'autoroute et enfilent le paseo Valldaura. L'agence suivante se trouve quelques pâtés d'immeubles plus loin, entre la calle Rebeco et la calle Gacela. Dans laquelle ils devront tourner pour rejoindre la rambla del Cazador afin de revenir sur la plaza Lluchmayor et continuer en direction du centre ville.

À l'arrière, congestionnés par la chaleur, Gallego et Lisarte sont plongés dans une grande discussion.

— Si jamais j'apprends que ma fille n'est plus vierge, je la tue, tu m'entends ? Je la tue ! crie Gallego.

Lisarte n'en croit pas un mot.

Dans la cabine, Campillo évoque pour la énième fois les différentes catégories de putes, en précisant celles qui lui plaisent à lui. Il les choisit toujours classes. Ni cochonnes, ni gamines, ni yéyés, ni exhibitionnistes ni d'aucune autre espèce. Campillo les aime classes. Et ce n'est pas facile de trouver une pute qui soit classe, mais vraiment classe, tu vois.

Chaque arrêt provoque l'interruption immédiate des conversations, comme si les quatre hommes étaient soudain débranchés. Ils descendent du fourgon transformés en automates, impavides, regardant de tous côtés avec méfiance. Encore qu'aujourd'hui il n'y ait pas grand-chose à regarder. Les rues sont pratiquement désertes.

Tant de billets de cinq mille, tant de mille, tant de cinq cents, tant de cent... Total : 2. 789. 500 pésètes.

9h40 du matin

Le señor Fernández est au volant du gros Pégase. Il a les mains qui transpirent dans ses gants en caoutchouc. Ce qui lui ferait le plus plaisir en ce moment, ce serait d'allumer une cigarette. Mais non, c'est impossible, il lui faut maintenir ses cinq sens en éveil, aux aguets de ce qui va se produire ensuite. Sur le siège, à côté de lui se trouve le Star 9 mm. L'image du revolver tombant sur le sol du camion, hors de sa portée, lui traverse l'esprit. Il le prend et le glisse dans la poche de son bleu de travail.

Le señor Pérez est le seul à ne porter ni combinaison ni casque. Avec sa veste grise un peu ample, ses lunettes de soleil et une casquette à carreaux qui dissimule son toupet d'oiseau, il est méconnaissable au volant de la Ford Fiesta. Il tapote nerveusement sur le tableau de bord et les gants de fil qui protègent ses doigts produiraient une étrange impression sur quiconque y prêterait attention.

Le fourgon débouche dans la calle Gacela, vert et rouge, impressionnant. Comme une forteresse dont rien ne peut venir à bout.

Miguel et le señor García trompent leur ennui près d'un poteau électrique. Ils aperçoivent le véhicule en même temps que le señor Pérez et, immédiatement, le señor García fait un signe au señor Fernández. Miguel sent une brûlure dans la poitrine, sa vue se brouille, il a du mal à respirer. Il est là. Gallego arrive. Dieu tout-puissant, Gallego est là, il arrive. Le grondement du Pégase qui démarre le fait sursauter. Les idées se bousculent et s'embrouillent dans sa tête : et si une voiture de police passait à cet instant précis? et s'il fallait sortir les flingues? et s'il y avait des pertes? et si ça foirait? Tout à coup le plan lui apparaît d'une extrême fragilité. Ça ne peut pas marcher. Ce fourgon, c'est une citadelle. Qu'est-ce qu'ils peuvent faire contre ça ? Il se rapproche à une vitesse bien plus grande qu'ils ne l'avaient escompté. Miguel distingue maintenant les visages du conducteur et de l'homme qui est avec lui. Le conducteur est jeune, large d'épaules, la mâchoire volontaire. L'autre le regarde et lui parle avec animation, qu'est-ce qu'il peut bien lui raconter.

Le fourgon passe devant Miguel qui sait que ça ne va pas marcher. Le mieux que tu puisses faire, c'est prendre tes jambes à ton cou, casse-toi avant que ça ne se mette à tirer dans tous les sens.

Le magasin de l'autre côté du passage s'appelle *Ulises* et porte sur son rideau de fer une pancarte qui annonce : « En vacances du 1er au 15 août. » Pourtant, malgré ça et à ce moment précis, le rideau de fer se lève, laissant apparaître un petit vieux barbu en manches de chemise. Miguel porte à nouveau son regard sur la rue mais ne peut plus rien faire pour éviter la catastrophe.

Dès que le fourgon pointe le bout de son nez au coin de la rue, le señor Fernández lâche l'embrayage et appuie à fond sur l'accélérateur, en même temps qu'il enlève le frein à main. Le grand Pégase, monstre d'acier, massif comme un bloc de granit, part droit devant.

Campillo était en train de dire :

— Ça, ça se voit au premier coup d'œil. Moi, quand j'ai vu la Rosa, je me suis dit : « Oui, monsieur, ça c'est une dame. » Et je m'échauffe…

Luis imaginait Rosa, la comparait avec son Isabelle et pensait : « Qu'est-ce que tu connais aux dames, toi, vieux cochon, tu n'es qu'un vieux coch… »

À l'arrière, Lisarte venait de se mettre debout pour prendre la défense des jeunes.

— Putain de merde ! On dirait que vous avez engendré des monstres, bordel ! Mais ma parole, vous…

— Non, putain, non ! crie Gallego.

Et le Pégase emboutit le fourgon comme un bélier monstrueux, avant que Luis puisse l'éviter, avant même qu'il ne puisse le voir. On entend un vacarme infernal, une formidable explosion couvre les voix. Campillo tourne de l'œil, le visage en sang. Il tombe sur Luis et s'accroche à lui en lui griffant le dos de ses mains tremblantes. La lumière s'éteint brusquement à l'arrière. Le fourgon monte sur le trottoir, casse un arbre en deux et se renverse sur le flanc. Le toit arrache un bon morceau du mur sur son passage.

Miguel pense « Ça y est ». Il se met à courir vers la porte arrière du fourgon et le Bernardelli lui frappe la cuisse en cadence, à travers la poche du bleu de travail. Devant lui court le señor García, derrière, le petit vieux de la papeterie.

Le señor Pérez met en marche la Ford Fiesta, sort du parking et s'approche de l'avant du fourgon. À travers les vitres brisées, il constate la posture compliquée du passager, dans les bras du conducteur, et sort de sa voiture avec un air apeuré.

Le señor García arrive à la porte arrière du fourgon avant Miguel et tente de l'enfoncer.

— Ça va ? crie-t-il. Ça va là-dedans ?

— Tirez-vous de là ! réplique une voix autoritaire.

— Ça va ?

Et à l'intérieur :

— Lisarte, Lisarte ! Tu m'entends ?

Deux ou trois fenêtres des immeubles voisins se sont ouvertes. Effrayées, deux femmes dépeignées se penchent pour regarder.

Pour Luis, le gars aux lunettes de soleil et à la casquette est un simple conducteur qui vient à son aide. Très impressionné par le flot de sang qui coule du nez de Campillo, il ne peut penser à rien et sort du véhicule, dans le cirage. C'est alors qu'il voit l'automatique dans la main du señor Pérez, un Parabellum qui s'enfonce dans son cou.

— Ouvre la porte de derrière.

De l'autre côté du camion, qui est resté en travers de la route, encastré dans le fourgon, on entend des voix désespérées.

— Ouvrez, ouvrez, bon sang, ouvrez ! supplie le señor García comme un ouvrier qui aurait provoqué une catastrophe et qui serait réellement inquiet.

Quand ils arrivent à l'arrière, Luis a compris qu'ils se sont fait avoir. Son arme est resté dans la cabine. Il se retient pour ne pas laisser éclater sa rage, s'efforçant d'enregistrer chaque trait des visages qu'il a en face de lui. Il y a trois ouvriers et un vieux à barbe blanche qui ne comprend rien.

— Dis-leur d'ouvrir, murmure le señor Pérez.

Et Luis de crier :

— Ouvrez, putain, Campillo est mort !

Nuit noire dans le fourgon. Palper le corps d'un ami et se tremper les mains de sang. L'horreur... Dans ces cas-là, on oublie qu'on transporte des millions de pésètes. Sortir, respirer l'air pur de l'extérieur. La hantise de rester enfermé avec un mort. Ça se comprend. Gallego ouvre la porte. Et tombe sur des flingues, trois, quatre automatiques aux poings de trois ouvriers et d'un type avec des lunettes de soleil.

— Le fric, allez, magne-toi ! aboie le plus grand des ouvriers. Ils le poussent sur le côté contre Luis, à côté du vieux à la barbe blanche qui a levé les mains en l'air, et il dévisage à présent le plus jeune des assaillants. Il reconnaît tout de suite ce visage et ces cicatrices, ils sont imprimés dans sa mémoire. Comme ce regard abject. Salvador Gallego Perea se sent plus vieux que jamais. Le revolver du jeune homme est pointé sur son ventre.

D'un appartement, une dame surexcitée appelle au téléphone

— Un accident très grave, oui, venez vite ! Deux camions se sont rentrés dedans !

Le señor García est déjà dans le fourgon et passe les sacs au señor Fernández.

« Tu as bien vieilli » pense Miguel. « Alors que tu étais si beau gosse avant, tu te rappelles ? » Mais il ne dit rien. Face à lui, Gallego respire avec difficulté, blanc comme un linge. « Qu'est-ce que t'en dis si je presse la détente, fils de pute ? »

— On met les voiles ! crie le señor Fernández, un sac dans chaque main.

Ils font le tour du camion par la chaussée, montent dans la Ford et le señor Pérez, installé au volant, démarre aussitôt. Les pneus crissent, le moteur rugit, marche arrière à toute allure. La Ford tourne comme une toupie avant de s'engouffrer dans l'avenida Valldaura et de se perdre dans les hauteurs.

Le señor Fernández, le señor García et Miguel enlèvent leurs casques jaunes et leurs combinaisons de travail. Dessous, ils sont impeccablement vêtus. Et se transforment ainsi en respectables hommes d'affaires. Le señor Pérez ôte ses lunettes et sa casquette.

— Cool, maintenant, prends ton temps ! conseille le señor Fernández.

Le señor García plonge fiévreusement la main dans les sacs.

— Eh, il y a beaucoup plus qu'on ne pensait ! s'exclame-t-il.

Il extrait des liasses de cinq mille, de mille, de cinq cents, toutes retenues par des bandes spéciales où l'employé de banque a certifié leur authenticité.

— Il y a plus que prévu pour toi mon gars ! crie le señor García, en riant aux éclats. Il y a plus que prévu pour chacun de nous !

Miguel est fébrile. Il cligne des yeux plusieurs fois. Tout son corps est traversé de frissons irrépressibles. Jusqu'au ventre. Il a envie de chier. Il regarde fiévreusement par la vitre. En réalité, ils sont perdus, introuvables dans le labyrinthe de ruelles dont se compose San Andrés, mais lui ne s'était jamais senti aussi exposé, ni aussi nerveux...Il a l'impression que le monde entier les regarde.

Tout a été très rapide. Il n'aurait pas eu le temps de tirer, même s'il avait voulu le faire...Tout s'est passé si vite...

Le señor García compte trois liasses de cinq mille. Ça fait un total de un million cinq cent mille pésètes, à en juger par ce qui est inscrit sur les bandes de conformité. Il les tend à Miguel.

— Tiens, dit-il. Une brique et demie. C'est pour toi.

— Tant que ça ?, proteste le señor Pérez.

— Mais il y a plus de dix briques là-dedans ! Regarde, il y a deux, trois, quatre, six, huit, neuf... ! Quatre millions juste en billets de cinq mille ! Et, deux, quatre, six, huit, dix... ouf... ! En billet de mille, au moins deux millions, plus... Reste encore les billets de cinq cents et ceux de cent...

— D'accord, ça va ! Range tout ça maintenant !

Machinalement, Miguel met l'argent dans son sac de sport, contre le revolver. Tout est allé si vite... Il a juste eu le temps de voir les yeux de Gallego. Ces yeux fatigués, troubles, stupides, qui semblait avoir ressuscité petit à petit, comme si quelqu'un lui avait allumé une lumière à l'intérieur de la tête…

— Je descends ici, aux feux, là !, dit Miguel d'une voix entrecoupée de hoquets.

Les yeux de Gallego ont brillé. Ils ont eu peur, peur de toi. Mais ce n'était pas seulement de la peur, que tu as vu en eux. C'était aussi de la vie. De la vie. Oui, ça a été une sorte de résurrection.

Il ouvre la porte avant qu'ils ne se soient complètement arrêtés, saute de la voiture, traverse une place et se perd dans des rues qui lui sont totalement inconnues. Il met ses lunettes noires et marche comme ça, à l'aveuglette, très vite, pour fuir. Lui ne voudrait jamais le reconnaître mais il fuit Gallego et ces yeux qui ressuscitaient comme le monstre de Frankenstein.

Quand Gallego est descendu du fourgon, tremblant, les mains tachées de sang, c'était un vieil homme, fini, sans défense, mort. Quand il t'a reconnu, il s'est transformé en quelqu'un d'autre. Quelqu'un de vivant. Effrayé, oui, mais plein de vitalité. Maintenant, il redevient dangereux, Miguel. Maintenant, il redevient plus fort que toi. Pourquoi n'as-tu pas appuyé sur la détente ?

Miguel parle tout seul, il marmonne entre ses dents…

— Non, non, non, tout n'est pas fini. Ce n'était qu'un début… Non, non, non… Non, non, non…

Les passants se moquent de lui dans son dos.

10h20 du matin

Quand les deux voitures banalisées arrivent dans la calle Gacela, deux ou trois ambulances en partent à toute allure vers l'avenida Valldaura, en faisant hurler leurs sirènes. Une foule de gens, dont personne ne comprend d'où elle a pu sortir, forme un cercle autour du camion Pégase incrusté dans le fourgon vert et rouge. La police municipale et les inspecteurs du commissariat le plus proche tentent de tenir les curieux à distance avec la formule bien connue « Circulez, circulez ».

De l'une des voitures qui vient d'arriver descendent les gars de l'Identification, appareils photos et flacons réactifs en main. Eux ne s'embarrassent pas de formules. « Poussez-vous de là, putain, fichez le camp, ce n'est pas un spectacle ! » Pour les gars de l'Identification, les curieux sont toujours trop près, effaçant toutes les empreintes et piétinant les lieux de l'action.

De la seconde voiture sont descendus deux hommes qui s'ouvrent aussi un passage parmi la foule. L'un d'eux est gras, un peu chauve et transpire abondamment. Il porte sa veste sur le bras et a les aisselles trempées de sueur. Il tient un mouchoir à la main, qu'il se passe constamment sur le front et sur son nez, large et charnu. On dirait qu'il transpire même des yeux. Il s'entretient avec un des inspecteurs déjà sur place.

— Correa et Sevilla, dit-il en style télégraphique, comme dans un film. Chargés des hold-up.

— Un mort et un blessé grave, répond l'autre sur le même ton. Ils ont embarqué plus de dix millions.

Sevilla est grand et il a une barbe et une chevelure noire fournie. Il porte une chemisette grise, large, des jeans et des sandales qui découvrent le bout de ses pieds. Sevilla et Correa ont une certaine renommée dans la section chargée des hold-up, parce que ensemble ils ont réussi à résoudre plusieurs cas difficiles. « On ne pourrait pas en trouver deux autres qui se complètent aussi bien. » Un jour le rigolo de la Brigade avait dit : « Et pourtant, Séville c'est pas en Corée, pas vrai ? »

Guidés par l'inspecteur qui les a reçus, ils rejoignent le groupe des gardes assermentés et un vieux à barbe blanche. Un rapide échange de questions-réponses s'amorce.

— Ils ont emporté leurs armes ?

— Oui, toutes.

— Et ils ont laissé des sacs…

— Oui, les sacs de monnaie. Ils n'ont pris que les billets.

— Est-ce que les numéros des billets se suivent ?

— Non, je ne crois pas, mais ça, c'est le problème de la banque.

— Des témoins oculaires ?

— Moi, dit le vieux barbu.

— Quelqu'un d'autre ?

— Une fille, intervient l'inspecteur du district. Elle a entendu le bruit de l'accident et elle s'est mise à la fenêtre. On ne sait pas s'il y a eu quelqu'un d'autre.

— O. K., soupire Correa en regardant Sevilla.

— Bon, ben, au travail, ajoute celui-ci.

Les types de l'Identification prennent des pellicules et des pellicules de photos, cherchent des empreintes digitales dans le camion Pégase et dans le fourgon *Transecur*. Ils étudient les traces de pas et les empreintes de pneus dans la ruelle et se promènent dans tout le secteur en s'accroupissant à chaque mètre pour récupérer quelque chose par terre.

Après s'être préoccupé de la santé des gardes assermentés qui en ont réchappé (l'un d'eux, Luis Guasch, a une grosse contusion à l'épaule droite), Correa et Sevilla dépensent des tonnes de salive pour parler avec les témoins et des litres d'encre pour prendre des notes et finissent par convoquer tout le monde à trois heures à la Brigade de l'avenida Layetana.

3h de l'après-midi

Le mort s'appelle Lisarte Olmos, quarante-deux ans, marié, trois filles, une de dix-sept ans, une de quinze et l'autre de six. Le blessé (il est dans le coma actuellement) s'appelle Isidro Campillo Corpes, trente et un ans, célibataire. Il vivait avec sa vieille mère.

Les gangsters ont emporté 8. 795. 900 pésètes, laissant 217. 875 en monnaie.

Les gars de l'Identification font leur rapport : ils n'ont trouvé aucune empreinte digitale, aucune trace de pas ou de pneus, rien qui ait un quelconque intérêt.

La Ford Fiesta utilisée pour la fuite a été retrouvée abandonnée sur un trottoir du quartier de l'Ensanche. Son propriétaire venait de déclarer le vol. Un jeune ingénieur industriel aussi tourmenté que s'il s'était agi du rapt de l'un de ses enfants par une secte diabolique. Dans la voiture, on a retrouvé trois paires de gants en fil et autant de gants en plastique, trois casques de chantier, quatre sacs (vides) du *Banco Transibérico*, une paire de lunettes de soleil, une veste grise, une casquette à carreaux et cinq revolvers, appartenant aux gardes assermentés, LLama calibre 38, avec toutes leurs munitions.

On sait que le Pégase a été volé dans les environs de la *Estación del Norte*.

Les témoins commencent à arriver. Sevilla s'est porté volontaire pour interroger madame Nieto, celle qui a tout vu de sa fenêtre.

C'est une femme jeune. Elle sourit timidement en

faisant le geste très féminin de mettre une mèche de ses cheveux noirs derrière l'oreille, mais il y a plus d'effronterie que de réserve dans son regard. Elle est accompagnée de son mari, qui suit le déroulement de l'interrogatoire avec un sourire en coin et des commentaires moqueurs. Sevilla aurait préféré être seul à seul avec madame Nieto, mais il pense que c'est mieux ainsi, parce qu'il se serait peut-être fait des illusions. C'est sans doute pour ça qu'il a commencé à haïr dès le premier instant monsieur Nieto et ses blagues. En réalité la dame n'apporte rien à l'enquête mais Sevilla prolonge l'entretien parce que sa compagnie lui plaît.

— Mais combien de voleurs avez-vous vus ?

— C'est que je ne savais pas que c'était un vol. J'ai entendu du bruit et je me suis mise à la fenêtre, j'ai vu l'accident et les gens autour…

— Mais après, vous avez vu des types qui couraient et qui sont montés dans une voiture pour s'enfuir à toute vitesse, non ? Vous n'avez pas trouvé ça bizarre ?

— Je ne sais pas. Enfin, si, un peu, je ne sais pas.

— Combien de personnes sont montées dans la Ford Fiesta ?

— Je n'en sais rien. Combien de personnes entrent dans une Ford Fiesta ? Quatre, non ? Combien de personnes entrent dans une Ford Fiesta, Cuchi ?

Monsieur Nieto sourit jusqu'aux oreilles, ravi de pouvoir donner un coup de main.

— Ça dépend comment ils se mettent, dit-il. Rangés comme des sardines, on peut y rentrer à dix.

— Est-ce que vous avez remarqué la façon dont ils étaient habillés ?

— Je ne sais pas trop. Avec des bleus de travail, je crois. Et des casques de chantier.

— Tous ?

— Franchement, je n'ai pas fait attention.

Bon, rien de ce côté. C'est fréquent.

— C'est vous qui avez appelé la police ?

— Non. Je n'ai appelé personne.

Conclusion : Il y a un témoin qui ne s'est pas présenté. Ça aussi ça arrive. La femme hystérique et le mari qui l'oblige à fermer la fenêtre et à se taire « pour ne pas avoir d'histoires ». Il faudra retrouver ce témoin.

Dans le bureau que les gens de la Criminelle ont mis à sa disposition, Correa converse avec monsieur Vilardebó. Le vieux propriétaire à barbe blanche de la papeterie *Ulises* répond à toutes les questions avec sérénité et précision. Il regarde Correa droit dans les yeux, chaque fois que celui-ci lève les siens du clavier de la machine à écrire.

— Je ne sais pas combien ils étaient. En réalité, j'ai mis du temps à me rendre compte qu'il s'agissait d'un hold-up. J'ai vu qu'un des gardes levait les mains en l'air et je n'ai pas compris pourquoi, j'ai trouvé ça étrange, puis j'ai vu le pistolet et moi aussi j'ai levé les mains en l'air.

— Qui a sorti son arme en premier ?

— Eh bien… J'ai vu un pistolet et je ne sais pas qui le tenait, ensuite tous ceux qui portaient des bleus de travail ont sorti d'autres armes…

— Vous diriez qu'il y en avait quatre, cinq ?

— Bon, devant moi, j'en ai vu quatre. Ce que je ne sais pas, c'est s'il y en avait un autre dans le coin…

— Vous pourriez me décrire les quatre que vous avez vus ?

— Je ne sais pas. Tout a été si confus, et tellement rapide. Il y en avait un grand et fort, c'était lui qui forçait la porte du fourgon en criant comme si réellement c'était un accident et qu'il était inquiet…. Il était… Il était habillé en ouvrier... Il devait avoir cinquante ans et il avait l'air très énergique...

— Vous vous souvenez de son visage?

— Pas vraiment... Je ne sais pas... Un visage carré... Énergique.

— Bon, continuons...

Pendant ce temps, les gardes assermentés sont avec l'inspecteur et examinent fiche par fiche les photographies des délinquants habituels. Ce travail demande plusieurs heures et beaucoup de patience. Normalement, au premier tour, on met de côté les fiches des personnes probables, et le témoin émet des commentaires du genre «peut-être celui-ci mais sans la moustache», «celui-là ressemble au plus jeune», «ça pourrait être lui mais en plus âgé...» Et, au second tour, on a l'impression de reprendre à zéro car les visages sélectionnés n'ont aucun rapport entre eux. Salvador Gallego affirme carrément qu'aucune des personnes fichées n'a pris part au hold-up. Luis Guasch demande un troisième tour, mais à ce moment Correa et Sevilla en ont terminé avec madame Nieto et monsieur Vilardebó, et ils décident de continuer plus tard.

6h du soir

Salvador Gallego (cinquante-deux ans, marié, deux enfants) s'est montré très évasif dans ses réponses. Sur le moment, il n'a presque rien remarqué, il était trop secoué. Il y avait quatre gars, oui, mais sans aucun signe particulier. Ils avaient l'air de professionnels. Rien d'autre.

Luis Guasch Portillo (vingt-quatre ans, célibataire) est celui qui prend le plus au sérieux la procédure. Sa déclaration est la plus claire, la plus concise, la plus exacte. Il a vu les quatre voleurs et, pendant les cinq ou dix minutes qu'a duré l'action, il a fait des efforts pour retenir chacun de leurs traits. Il a particulièrement remarqué le type au nez busqué et au visage en lame de couteau. Il devait avoir une quarantaine d'années et portait une veste et la casquette à carreaux trouvée dans la voiture volée. C'est lui qui a sorti son arme le premier. Il l'a braquée sur lui, contre son cou, et l'a obligé à aller à l'arrière du fourgon, en contournant le Pégase qui était resté en travers de la route. C'est alors que Luis Guasch a vu celui qu'il décrit comme gros, trapu, et de figure ronde, qui descendait du camion. Il était au volant lors de l'accident. Il y avait aussi l'échalas d'une cinquantaine d'années. Le plus jeune est plus difficile à décrire. Le type vaguement oriental, les yeux bridés, un regard mauvais. Assez grand, un mètre quatre-vingts au moins, et les cheveux blonds et plutôt courts, pas plus de trente ans... Ah, et le menton et la lèvre supérieure couverts de cicatrices.

— Putain, quel observateur ! s'exclame Correa avec une satisfaction visible tout en finissant de taper la description à la machine. Personne n'avait remarqué le détail des cicatrices...

— Personne ?

— Eh bien, il semble que le vieux monsieur barbu était un peu en dehors de l'action et voyait le jeune seulement de profil. Quant à monsieur Gallego...

— Salvador n'a rien dit à ce propos ?

Correa consulte la brève déclaration qu'il a à portée de la main.

— Rien. Encore un qui n'a rien remarqué.

— Mais... Luis Guasch affiche une réelle surprise.

— Quoi ? interroge Correa à qui la chose n'a pas échappé.

— Non, rien…

— Un doute quelconque ? Quelque chose à ajouter ?

— Non, non, mais…

— Un détail qui vous reviendrait, aussi insignifiant soit-il, peut être d'une grande importance pour l'enquête.

— Ben, non, je ne crois pas que ça ait une quelconque importance, on était tous sur les nerfs, mais… Salvador… se décide-t-il enfin, Salvador Gallego, quand est descendu du fourgon, il est resté là, à observer ce jeune type. Et le jeune ne regardait que lui. Et ils sont restés comme ça, face à face, à se regarder fixement. Moi, j'aurais presque mis ma main au feu qu'ils se connaissaient. Mais, bon, peut-être qu'ils ne se connaissent pas, et comme ils se regardaient avec tellement d'insistance, j'en ai conclu que… Bon, je ne sais pas, c'est bizarre, mais tout est possible. On était tellement nerveux que c'est possible que Salvador n'ait rien vu…

— Et que s'est-il passé ensuite ? Qu'ont-ils fait ? Essayez de vous souvenir…

— Eh ben, je ne sais pas… Ils se sont regardés, ils n'ont fait que ça. J'ai eu l'impression que le jeune était sur le point d'appuyer sur la détente, de flinguer Salvador, vous voyez ? Et… oui, je crois que Salvador est devenu tout pâle et qu'ils sont restés un moment comme ça… Je crois même que le plus âgé des types, le plus grand, voulait que Salvador lui passe les sacs du fourgon. Oui, je crois qu'il lui a donné un ordre. Mais Salvador n'a pas réagi, comme s'il ne l'avait pas entendu. Il était comme paralysé. Bon, on était tous morts de frousse… Ce n'est pas étonnant…

Pilar est en larmes. Les enfants la regardent, inquiets…

— Salvador ! Salvador !

— Papa, qu'est-ce qui s'est passé ?

— Ça va, papa ?

Gallego passe devant eux sans leur prêter la moindre attention. Il traverse le vestibule, entre dans la salle à manger, tourne son fauteuil et, face à la fenêtre, dos à sa famille, se mure dans le silence. Comme avant. Comme à cette époque qui n'aurait jamais dû refaire surface. Celle de la peur permanente, des cris et des coups.

Il a reçu le message. En sortant du fourgon, dès qu'il a croisé ce regard fou et vu cette bouche zébrée de cicatrices, il a compris le défi. Pendant quelques instants, il a eu peur à l'idée que ce fils de pute puisse appuyer sur la détente et le faire passer dans l'autre monde sur-le-champ. Mais, au bout de quelques secondes, comme s'il lisait dans les pensées de son ennemi, il a su que les choses ne pouvaient pas se passer aussi simplement. Salvador Gallego Perea était un lynx quand il était à la Brigade, parce qu'il savait tout de suite à quoi s'en tenir avec ceux qui étaient en face de lui. Et l'enfoiré de cet après-midi a montré qu'il en avait. Il a eu les couilles de ne pas tirer.

Pilar et les enfants se regardent avec terreur. Le hold-up a fait disjoncter Salvador. De nouveau ! Non, pas ça ! Le médecin avait dit que ça pouvait revenir, mais ils avaient oublié, tout allait si bien depuis… Oh, non, pitié, pas ça ! Pilar court vers lui le cœur serré. Les enfants n'osent pas s'approcher.

— Salvador ! Qu'est-ce qui t'arrive ? Salvador ! Réponds !

Salvador se retourne pour la regarder. Dans ses yeux

se lisent l'arrogance hautaine et la morgue insultante d'autrefois.

— J'ai failli me faire buter, dit-il avec calme et presque une pointe d'orgueil. Tout à coup, il élève la voix, sans bouger ses mains. Toute l'attention de Pilar est concentrée sur ses mains. Ils ont été sur le point de m'abattre, voilà ce qui m'arrive ! Ils ont tué Campillo et Lisarte, voilà ce qui se passe ! Il baisse le ton et son regard se fixe sur les carreaux avec cette expression effrayante, l'expression d'avant…. Et maintenant, ils ne vont plus me lâcher.

— Non, Salvador, non. Salvador, non… gémit Pilar. Mais elle ravale ses larmes car elle se souvient qu'*en ce temps-là*, Salvador ne pouvait pas supporter qu'elle pleure. Salvador… Dis-moi, tu veux que j'appelle le docteur Ausá ? Hein, tu veux ?

« Espèce de salope, tout ça c'est de ta faute. La tienne et celle du docteur Ausá. Je n'ai besoin de personne, ni de toi, ni de cette saleté de toubib. Mon remède, maintenant je l'ai. Mon remède c'est le connard de ce matin. Comment s'appelait-il déjà ? »

Il se lève du fauteuil et Pilar s'écarte d'un bond en se couvrant le visage des mains pour prévenir les coups…

— Papa ! crie Salvito, en serrant les poings, petit coq montant sur ses ergots.

Putains de gamins, putain de Pilar, tout ça, c'est de votre faute. C'est vous qui m'avez enfermé dans cette prison insupportable, vous étiez tous d'accord, vous m'avez infligé les électrochocs, vous m'avez gavé de pilules qui m'abrutissaient toute la journée. Et le docteur Ausá répétait : « Vous n'avez pas que des ennemis, monsieur Gallego. Vous avez aussi des amis. Il y a aussi de l'amour dans votre vie. »

— Je *veux* avoir des ennemis, répliquait Gallego. J'ai passé toute ma vie à me faire des ennemis et vous, du jour au lendemain, comme ça, parce que ça vous chante, vous voulez me les supprimer… Je *veux* avoir des ennemis !

Il décroche le téléphone et compose un numéro qu'il connaît par cœur.

— Salvador ! Qu'est-ce que tu vas faire ?, crie Pilar.

« Ne t'inquiète pas, je ne vais pas te frapper, j'ai d'autres chats à fouetter. » Le docteur disait que c'était le plus grand crime qu'il pouvait commettre, battre Pilar. Salvador lui répondait oui, oui, et il le pensait, parce qu'il trouvait que ça ne valait pas la peine de perdre son temps à tabasser une bonne femme de merde comme celle-là.

Quelqu'un est au bout du fil.

— Barabino ?, demande-t-il.

— Oui, un moment.

— Papa ! Qu'est-ce que tu as l'intention de faire ?

Gallego se dit que son fils ne vaut pas grand-chose et l'espace d'un instant, il imagine que l'enfoiré aux cicatrices, c'est lui. Alors là, il serait satisfait. Il se retournerait d'un coup et lui fracasserait le combiné du téléphone sur la bouche, et Salvito se défendrait et lui rendrait coup pour coup, alors là, oui, ça vaudrait la peine de vivre.

— Allô ?

— Barabino ? C'est Gallego… Salvador Gallego.

— Ça alors, Gallego ! Qu'est-ce que tu deviens ?

— Dis-moi, j'ai quelque chose à te demander. Tu te rappelles le gamin à qui j'avais défoncé la mâchoire, un type qui se faisait appeler Miguelito ?

— De Dieu, sûr que je me rappelle !

— Dis, tu te rappelles qui faisait partie de sa bande ? Je n'arrive plus à m'en souvenir…

— Diable… Si, attends, c'étaient les gars de la bande à Cachas. C'est celui qui est mort d'une balle dans la tête…

— Oui, oui, lui je sais… Mais les autres…

— Attends, j'te dis, oui. Il y avait cette espèce de teigneux, là, on l'a coincé plus tard, Chava qu'ils l'appelaient ! Ça te revient ? On l'a pincé après l'affaire de la banque. Un coup de bol ! Il était là quand on a eu Cachas, mais il avait réussi à se tirer…

— Oui ! Oui, oui ! C'était qui, celui-là ?

— Attends voir… Ils l'appelaient Chava… Tu parles si je m'en souviens ! … C'est moi qui l'ai arrêté, et interrogé… C'était un nom courant comme Martínez, Fernández ou Gómez… Sebastián, je crois bien qu'il s'appelait ! Sebastián Gómez, il me semble…

— Dis, tu peux regarder ce qu'il est devenu ?

— Ouais, pas de problème…

— Et l'autre ? Celui que nous avons attrapé le même jour que le Miguel, le gros costaud, carré, avec des yeux de cocker… ?

— Ah, oui. Celui-là, c'était… Marujo, ils l'appelaient. Oui, c'est ça, Marujo. Celui-là, il me semble qu'il est encore dans le coin. Je crois qu'il a fait parler de lui, il n'y a pas bien longtemps.

— Retrouve-moi ces deux-là, Barabino s'il te plaît, c'est une affaire urgente. Et dis-moi… Tu te souviens de Benítez, le gars qui… ?

— Oui, c'est ça ! Il s'appelle Benítez, Chava, Sebastián Benítez ! Maintenant je m'en souviens, Sebastián Benítez… !

— Bon, ben tant mieux… Mais je parlais du Benítez de la plaza Real, l'indic qui s'est pris une dégelée un peu avant que je me retire…

— Ah, oui, Benítez. Maintenant, il tient une épicerie dans le quartier de El Borne…

— Et d'après toi, il me donnera des renseignements si je les lui demande ?

— Bien sûr ! Il travaille toujours plus ou moins pour le service.

— Salvador, s'il te plaît, réponds-moi… pleurniche Pilar quand il raccroche.

— Va te faire foutre. Allez vous faire foutre tous les trois.

Il s'enferme dans la chambre, ouvre le dernier tiroir de la commode et en sort un automatique. « Tu veux la guerre, hein ? » pense-t-il en souriant. Il soupèse le Llama modèle XV, calibre 22. Il passe le doigt sur les rondeurs métalliques, parfaitement moulées, du poing américain, comme *avant*. Il exhale un soupire de satisfaction et reconnaît que c'était tout ce qu'il attendait depuis longtemps… Depuis très longtemps.

XIII

MARDI 15 AOÛT

Midi

Sevilla est sorti à la première heure pour dénicher la femme, témoin des faits, qui a appelé la police municipale et ne s'est pas présentée. Il n'y a pas grand espoir de la trouver. Son mari a dû mettre le jour férié à profit pour l'emmener à la campagne, fuyant précisément toute forme de visite officielle. Si ça foire de ce côté-là, Sevilla fera le tour des indics. Après un vol de huit millions de pésètes, les mouchards et les flics se précipitent dans les bras les uns des autres comme des amants de cinéma.

Correa a passé la matinée à éplucher le curriculum de Salvador Gallego Perea, en s'efforçant de ne pas le tacher de sueur. Il est obsédé par le regard pénétrant que le braqueur et le garde assermenté ont échangé au moment de l'attaque du fourgon.

«… fonctionnaire de la Direction générale de la Sécurité, affecté à la Brigade d'Investigation sociale de 1944 à 1967, puis transféré à la Brigade d'Investigation criminelle où il est resté jusqu'en 1972, année où il a quitté le Corps avec le grade d'inspecteur principal.»

Pour quelle raison cet inspecteur de première classe a-t-il quitté la police après vingt-sept années de bons et loyaux services, pour se consacrer à un travail de garde assermenté, avec un statut et un salaire inférieurs ?

Rencontrer l'un des collègues qui ont coïncidé à la brigade avec Salvador Gallego ne présente guère de difficultés. On est sûr de le trouver à la brasserie Cannes, devant une bière, et il aime raconter ses aventures passées. C'est comme ça que Correa entend parler du « pépin ».

— C'est quoi, cette histoire de « pépin » ?

— Oh, ça a fait du bruit à l'époque... Le Gallego avait toujours été un bon flic. Il est entré à la Sociale après l'armée et il n'y en avait pas beaucoup des comme lui, tu peux me croire. Il avait des couilles, ce type, un dur. Il était pote avec tout le monde, un bon copain, tu vois, mais putain, quand il mettait la main sur un rouge, le mec, il pouvait numéroter ses abattis. Et il en a arrêté un paquet. En 49, c'était encore Chinchilla qui commandait la brigade, Gallego avait déja un réseau d'informateurs extraordinaire. Et il a passé l'information comme quoi des bombes allaient être posées lors de la venue de Franco à Barcelone. Eh bien, personne ne l'a cru, les bombes ont explosé, il y a eu un foin de tous les diables et ça a coûté son poste à Chinchilla. C'est José María Albert qui a été nommé Directeur général à ce moment-là. Lui, il faisait confiance à Gallego, en particulier sur tout ce qui était en rapport avec les anarchistes, les bandes de Facerías et de Sabaté. Là, le Gallego, il a réalisé deux ou trois coups mémorables. En 52, par exemple, il avait préparé une embuscade pour trois types de la bande à Facerías, à l'angle de la calle Rocafort et de la calle Provenza. Il y a eu une fusillade du tonnerre de Dieu, les anarchistes leur ont même balancé une grenade et tout, mais le Gallego, lui, rien à faire, il a pas renoncé, et il a fini par les coincer dans un terrain vague du côté du Carmelo, après un assaut à s'en bouffer les couilles, tu vois…

— Ouais, je savais tout ça, mais ton «pépin»?

— J'y viens. Gallego, c'était pas un type facile, si tu vois ce que je veux dire, et il ne s'était pas fait que des amis. À la Sociale, il s'était mis à dos un type très influent. Son nom n'a pas d'importance, mais c'est un mec qui avait le bras long. Et comme il avait peur que Gallego lui fasse de l'ombre, il s'est débrouillé pour le faire muter à la Crime… c'était en 60 et quelque…

— En 67, oui, mais…

— Attends… Ce qui s'est passé, c'est que, à deux ou trois reprises, sur des coups de filet qu'il avait montés, Gallego a fait chou blanc. Il y avait eu des fuites, ou les mouchards avaient raconté des salades, quelque chose comme ça, enfin bref, à chaque fois, les oiseaux s'étaient envolés du nid. Et le Gallego, il a fini par accuser l'autre type de prévenir le gibier pour lui porter préjudice à lui. Tu imagines, il en sont presque venus aux mains et tout. Pour finir, Gallego a atterri à la Crime, pour chasser le demi-sel. Bon, c'est vrai que la Criminelle intervenait aussi sur des affaires politiques, tu le sais aussi bien que moi, mais c'était plus pareil, toute la gloire était maintenant pour l'autre mec. Et c'est là que le Gallego a commencé à débloquer. Pour lui, c'était comme une punition, il était vraiment tombé en disgrâce. Rends-toi compte : on commençait à dire en haut lieu qu'il était attiré par les idées rouges, qu'il cachait de la propagande de gauche, qu'il avait des amis aux idées… plus ou moins, enfin, bizarres, quoi, tu comprends. Tout ça parce qu'il s'était introduit dans le milieu des anarchistes et des communistes, pour recruter ses indics, profiter des dénonciations, le jeu habituel, quoi. Mais c'était bidon, toutes ces rumeurs étaient fausses, hein, parce que moi, je l'ai connu, Gallego, et je te jure, mec, c'était un type qui avait quelque chose entre les jambes... Seulement voilà, à partir de là, il a plongé, liquidé. Et alors, la rage qu'il prenait contre les voyous dont il s'occupait ! Houlàààà ! ... Et c'est là qu'il y a eu le « pépin » ...

— Mais quel « pépin » , à la fin ? ...

— Eh ben, un jour, il arrête un petit malfrat, et alors là, entre nous, il faut dire les choses comme elles sont, il a été trop loin, parole. Il lui a massacré la tronche à coups de crosse. Comprends-moi bien : les voyous, si tu les bouscules pas, tu n'en tires rien, on est bien d'accord. Mais cette fois-là, c'était un gosse qui pouvait avoir, est-ce que je sais, moi, quinze ou seize ans, et il l'a pris à part, genre « laissez-nous seuls » , tu vois. Il l'avait alpagué alors qu'il s'en prenait avec sa bande à un couple sur la route de Vallvidrera, il y a eu des coups de feu et tout, et un des leurs y est resté. Le Gallego a raconté que le gamin en question, je ne me rappelle plus son nom maintenant, était armé et avait tiré le premier. Le problème, c'est qu'ensuite, l'arme n'a jamais refait surface. Mais le jour où il l'a arrêté, il lui a fracassé la mâchoire, avant de le présenter au juge, pif, paf, pif, paf... On a dû le maîtriser, tu te rends compte ! ... Je crois que ce jour-là, il est devenu fou, le Gallego. Et on a commencé à raconter qu'il ne voulait pas que le gamin parle, qu'il raconte je ne sais trop quoi... Et le gamin, dès qu'il a pu parler, pendant le procès et tout, il a commencé à dire... Enfin, c'est ce qu'il disait, moi je ne peux pas y croire et d'ailleurs personne n'y a cru, mais... Il disait qu'une fois, il s'était fait mettre par le Gallego. Apparemment, le gosse faisait de la retape dans les urinoirs publics et... Bon, ici personne n'a accordé beaucoup d'importance à tout ça, on connaissait le Gallego et on savait que ce n'était pas une tapette, putain, toutes les filles étaient folles de lui. C'était pas une tapette, ça, c'est sûr... Mais, à partir de ce moment-là, Gallego a commencé à boire... C'est comme je te dis, je crois qu'il est devenu fou. Il était obsédé par le fait qu'on puisse penser que c'était une tapette, et vas-y que je te répète que je suis pas pédé, je suis pas pédé, et le premier qui me traite de tapette, je lui mets un pruneau... Un jour qu'on avait arrêté des putes, il est arrivé, ivre, et il voulait se les tirer toutes là devant nous, et je suis pas pédé... Il nous a fait un de ces cirques ! ... Il a fallu le retenir à plusieurs, il nous est tombé dessus, il a même sorti son flingue, bref... Ça a été la fin. Le patron de la Brigade l'avait déja averti à plusieurs reprises et, pour le coup, il l'a envoyé devant le big boss. Personne ne sait ce qui s'est passé à ce moment-là, mais ça a dû sacrément barder. On raconte qu'il en est même venu à menacer le grand patron, avec son flingue et tout, et bon... Toujours est-il qu'on l'a mis dehors, et qu'en plus il a passé deux mois dans un asile, en psychiatrie. Il était pas complètement givré, si tu vois ce que je veux dire, mais il a disjoncté quand on l'a jeté de la Sociale. Parce qu'il prenait son pied, Gallego, à la Sociale, tu sais ? Il se sentait, comment dire, plus important... C'était pas son truc, à lui, la chasse au voyou.

Aussitôt rentré à la Brigade, Correa consulte le dossier du gamin en question.

Le 19 juin 1971, le portier d'une boîte connue de la Diagonal a téléphoné à la police pour signaler que quatre jeunes dont l'âge variait entre dix-sept et vingt ans, venaient de s'en prendre à un couple qui sortait de l'établissement, l'obligeant à monter dans une voiture. Puis, ils étaient partis ensemble en remontant l'avenida de Sarriá. L'inspecteur Gallego patrouillait dans les environs avec une voiture de service, en compagnie d'un autre inspecteur, Cayetano Barabino Regio et de deux membres de la police en tenue. Il localisa la voiture signalée par le portier de la boîte sur la route de Vallvidrera, à hauteur du kilomètre cinq. Elle était vide, mais tout près, dans le bois, on entendait des cris, des voix et des rires. Dans l'obscurité et la confusion, les policiers se sont sentis en danger et il y a eu une fusillade au cours de laquelle est mort le chef de la bande, Julián Gainza Gutiérrez, alias Cachas. Ont été arrêtés Miguel Vargas Reinoso, alias Miguelito, dit La gonzesse, et Mario Bolano Guerra, alias Marujo. Ce dernier, au cours des interrogatoires, a révélé l'identité du type en fuite : un certain Sebastián Benítez Romero, alias Chava. Le rapport précise pour terminer que Miguel Vargas Reinoso n'était pas en état d'être interrogé.

Arrivé à ce point, l'inspecteur remue sur son siège, mal à l'aise.

Miguel Vargas Reinoso a été condamné à six ans et un jour de prison pour association de malfaiteurs, vol qualifié et viol, dont il n'a purgé que trois ans et cinq mois. Mario Bolano Guerra a été condamné à huit ans à cause de ses antécédents et de la détention de stupéfiants.

Correa décroche le téléphone et compose le numéro de Salvador Gallego. C'est lui-même qui répond, très vite.

— Pourriez-vous passer à la Brigade vers quatre heures, monsieur Gallego ? J'ai quelques questions à vous poser.

4h30 de l'après-midi

— Asseyez-vous, invite sèchement Correa.

Gallego s'installe et attend, serein, une lueur impertinente et moqueuse dans les yeux. La première chose qu'il a vue en entrant dans le bureau, c'est la fiche de Miguel

Vargas Reinoso sur la table. Il allume une cigarette. L'inspecteur va droit au but.

— Vous reconnaissez cet homme ?

— Je ne l'ai jamais vu de ma vie, répond Gallego, très sûr de lui.

Un silence. Correa fume d'une main, s'éponge la sueur de l'autre et fait les cent pas dans le bureau d'un air pensif. Lorsqu'il reprend la parole, il a un air d'immense lassitude et d'infinie patience à la fois.

— Monsieur Gallego, dit-il. Vous êtes dans une situation difficile. Cet homme, vous l'avez déjà vu parce qu'il faisait partie de la bande qui a attaqué le fourgon. J'irai même jusqu'à dire que c'est le seul que vous ayez regardé. Or il se trouve que cet homme est justement le garçon que vous avez cruellement passé à tabac le 19 juin 1971 dans ces locaux. C'est bizarre que vous ayez si peu de mémoire, non ?

— Si je devais me souvenir de toute la racaille que j'ai dérouillée…

— J'ai des raisons de croire, monsieur Gallego, que vous vous évertuez à nous cacher une information cruciale pour l'enquête en cours… J'ai la quasi-certitude que vous protégez un… ou l'ensemble des voleurs…

— Vous m'arrêtez ? Gallego lève les sourcils comme s'il ne pouvait pas le croire.

— Si vous étiez en état d'arrestation, je vous aurais déjà conseillé d'appeler votre avocat.

— C'est curieux, raille Gallego en souriant. De mon temps, j'aurais dit : « Si vous étiez en état d'arrestation, je vous aurais déjà démoli le portrait ». Les temps changent et la société aussi. Aujourd'hui, avocat par-ci, avocat par-là et si un flic touche à un seul cheveu d'un délinquant, la nouvelle sort dans *Interview* et tout le monde le montre du doigt. C'est comme ça que fonctionne ce pays…

— Vous n'êtes pas ici pour juger la procédure policière, monsieur Gallego, mais pour…

— Et qu'est-ce qui m'en empêche ? Tout le monde fait ça de nos jours, et c'est pour ça que les rues sont pleines de malfrats. Avant, personne ne jugeait les méthodes de la police et…

— Et il y avait autant de malfrats qu'aujourd'hui, le coupe Correa. À la différence que les journaux n'en parlaient pas, parce qu'il fallait donner une impression de paix et de tranquillité….

Un policier en uniforme apparaît à la porte, les interrompant.

— C'est pour vous, inspecteur.

Correa décroche le combiné et répond sans perdre des yeux Gallego, qui lui renvoie un regard goguenard et triomphant.

— Oui.

— Correa ? C'est Sevilla… Dis, j'ai des nouvelles. Un gars qu'on appelle Flaco a traîné dans le coin, en racontant à tout le monde qu'il allait faire le coup de sa vie. Je vais voir si je le trouve. Tu m'attends ?

— Bien sûr, que je t'attends. Moi aussi, j'ai du nouveau. J'ai identifié un des braqueurs.

— Qui vous a placé au poste que vous occupez ? demande Gallego, avant même que l'autre ait raccroché. Les rouges ? Ça y est, ils ont la haute main sur l'admission à l'école de police, ces porcs ?

— Monsieur Gallego : si vous cherchez à mériter le traitement que vous réserviez aux délinquants dont vous aviez la responsabilité, sachez que je ne vois aucun inconvénient à vous foutre mon poing sur la gueule. Pourquoi avez-vous prétendu que vous ne connaissiez pas Vargas ?

— Parce que je ne l'ai pas reconnu, je vous l'ai déjà dit.

— Bien que ce soit à cause de ce garçon qu'ait éclaté un scandale qui vous a obligé à quitter la Police ?

Gallego ferme les poings et ses lèvres se crispent en un rictus de mépris.

— Personne ne m'a obligé à partir. Je l'ai fait parce que j'en avais envie. J'ai présenté ma démission en gardant de bonnes relations avec mes anciens supérieurs.

— Ce sont des mensonges. Pourquoi refusez-vous d'admettre que vous l'avez reconnu ?

— Je ne l'ai pas reconnu ! rugit Gallego mâchoire serrée, presque menaçant. À l'intérieur du fourgon, il faisait noir, et à l'extérieur, on était ébloui par le soleil. En plus, Lisarte était mort, je suis sorti couvert de sang. J'étais abasourdi, complètement perturbé, j'avais peur… Je n'ai reconnu personne ! J'ai seulement vu les flingues !

— O. K. , concède Correa. Continuez à vous taire. Complicité et recel de malfaiteurs, ça va chercher dans les combien, d'après vous ? …

— Écoutez… cède Gallego, légèrement troublé. Écoutez : vous avez dit que ce malfaiteur, comment s'appelle-t-il déjà, le jeune là… Vous dites que je lui ai cassé la gueule, il y a quelques années, c'est ça ?

— La bouche, pour être exact. À ce qu'on m'a dit, il est obligé de porter un dentier, maintenant.

— Bon, peu importe. Ça plaide en ma faveur. L'explication est toute simple : ce type veut se venger et il attaque mon fourgon…

— Ou alors vous lui donnez toute information utile sur le parcours, les sommes que vous transportez, l'endroit idéal…

—… Et je lui suggère d'attaquer le fourgon en fonçant

dessus avec un poids lourd ! Avec moi à l'intérieur ? Ça va pas ? Putain, mais Lisarte et Campillo sont morts, bordel !

Correa laisse planer un lourd silence.

—...Ou bien, énonce-t-il lentement. Ou bien, Miguel vous a joué le tour d'attaquer le fourgon pour vous mettre dans une situation difficile. Et maintenant, vous voulez faire justice vous-même.

Ils se regardent longuement dans les yeux.

— Je suis en état d'arrestation ?

— Non, concède Correa. Vous n'êtes pas en état d'arrestation.

— Je peux m'en aller ?

— Oui, fichez le camp, monsieur Gallego.

Gallego se met debout en soufflant le plus grossièrement possible.

— Ah oui, un moment, ajoute Correa. Et il lève l'index qui tient le mouchoir. Demain, je passe un coup de fil à *Transecur* pour leur demander de vous accorder une petite semaine de vacances. Vous avez besoin de vous remettre de vos émotions, n'est-ce pas ?

— Merci.

Gallego s'éloigne à pas lourds dans le couloir.

Correa sort du bureau et se dirige lentement, en lambinant et en fixant le bout de ses chaussures, vers le service des Homicides. Il n'y trouve qu'un jeune inspecteur, Lallana, un type aux cheveux en bataille et qui s'habille à la va comme je te pousse.

— Dis-moi, Lallana... Vous avez du boulot, ici, en ce moment ?

— Non, pas trop.

— Bon... Tu veux pas me donner un coup de main dans l'affaire du vol des huit millions ? Après tout, c'est une affaire qui vous concerne aussi… Il y a eu un mort, pas vrai ?

— Qu'est-ce que tu veux que je fasse ?

— Que tu surveilles nuit et jour un type qui se nomme Salvador Gallego. Salvador Gallego Perea. Dès à présent.

XIV

MERCREDI 16 AOÛT

10h du matin

La dernière adresse connue de Miguel Vargas Reinoso est à Saragosse. D'après le rapport de la police de la ville, il a quitté la pension où il logeait en réglant scrupuleusement sa note, le 21 juillet. S'il s'est réfugié dans un garni ou un hôtel, les gars des Meublés ne tarderont pas à lui mettre la main dessus. Pendant qu'ils épluchent leurs archives et que Sevilla continue à chercher Flaco, Correa a déniché un Vargas Reinoso, Juan, qui vit à Bellvitge.

Il se retrouve face à une matrone au regard torve, visiblement mal embouchée. Elle prétend être la femme de Juan Vargas et, oui monsieur, la belle-sœur de ce bon à rien de Miguel. Oui monsieur, Miguel s'est installé chez elle à partir du 21 juillet, jusqu'à la fin du mois.

Il a prétendu qu'il était en vacances et Juan, c'est son frère, quand même, il pouvait pas lui refuser. Elle, par contre, elle se doutait bien que ce feignant de Miguel préparait quelque chose ; c'est un sale type, il regarde les gens en biais, comme un fauve. Elle a eu les foies tout le temps qu'il est resté chez elle, parce qu'elle avait peur qu'il arrive à embobiner Juan, son Juanito. C'est l'homme le plus honnête du monde, il est bon comme le pain blanc, et il a laissé Miguel vivre chez eux plusieurs jours, mais finalement la femme reconnaît qu'il l'ont mis dehors, non, non, il n'est pas parti de son plein gré, ils l'ont jeté dehors, parce qu'ils n'avaient pas confiance en lui. Et elle se rappelle, tout à coup, qu'il est parti en les menaçant de mort. Juan est en train de travailler dans l'atelier du beau-père, quelques rues plus bas.

L'atelier est un garage crasseux, spécialisé dans la moto, d'où Juan Vargas sort en s'essuyant les mains. Il est plus vieux que Miguel, son regard est plus doux. Domestiqué... Il sursaute en voyant la plaque de police et quand il doit forcer la voix pour se faire entendre par-dessus le bruit d'un moteur sans tuyau d'échappement, il s'étrangle et semble au bord des larmes. Son frère est un gars correct, c'est sûr qu'il n'est pas mêlé à quoi que ce soit, parce qu'il s'est rangé depuis qu'il est sorti de prison. Là-bas, il en ont fait un homme neuf, à Saragosse, il a bossé honnêtement et maintenant il est en vacances. Non, Miguel ne lui a parlé d'aucune affaire, mais il s'est rangé c'est sûr, et ne faites pas attention à ce que raconte mon imbécile de femme, parce que son problème, c'est qu'elle peut pas l'encaisser. Sa femme ne peut saquer personne et parle pour ne rien dire.

Midi et demi

L'épicerie de Benítez est dans une des rues qui relient l'avenida del Marqués de Argentera au paseo del Borne, tout près du port. C'est un magasin sombre, où les marchandises exposées n'inspirent pas une grande confiance. On peut parier que les yaourts ont passé la date et que les fruits sont véreux. Benítez marche en se tenant voûté et boite de manière inquiétante, comme s'il allait tomber d'un instant à l'autre. Il hait les flics et les malfrats, mais un jour il s'est laissé embringuer dans une histoire et il n'a rien pu faire d'autre que de suivre. Quand on s'est embarqué sur une galère, il faut ramer. Après, les choses se sont enchaînées. Rien que des ennuis et aucun avantage. Une dérouillée dont il se souviendra toute sa vie à cause de la patte folle qui lui en est restée et une épicerie de merde qui lui permet à peine de survivre. Mais qu'on soit boiteux ou aigri, quand le vin est tiré, il faut le boire....

Benítez reconnaît Gallego dès qu'il le voit entrer, mais il fait comme si de rien n'était. Il ne bouge pas de son comptoir et il répond aux questions d'une voix à peine audible.

— Chava ? Je crois qu'il tient un troquet, mais je sais pas où. Marujo s'est mis dans le trafic de drogue, des drogues dures. Non, je sais pas où il crèche. Miguel ? Il a disparu depuis des années. Je crois pas qu'il traîne par ici. Non, j'en sais pas plus, non...

L'homme se fige tout à coup devant les cinq billets de mille qui s'étalent sous ses yeux. Ce n'est pas habituel que les policiers rétribuent leurs informateurs. Juste une petite faveur de temps en temps, mais de l'argent, jamais. Bon, c'est vrai que le Gallego n'est plus flic maintenant, mais de Dieu, ça fait quand même tout drôle de voir ces cinq tickets sur le comptoir.

— Je vais me renseigner, murmure-t-il.

7h15 du soir

Ça fait un moment que la Nena attend à l'autre bout du comptoir en buvant une menthe, un moment que son regard indifférent croise celui de Chava. Elle feint d'avoir tout son temps. Lorsqu'elle est arrivée, elle lui a fait un peu de gringue. «Comment tu vas beau gosse» , «ça fait longtemps qu'on s'était pas vus» , des trucs comme ça. Puis, elle est devenue sérieuse, «je suis venue te parler» , et Chava s'est raidi.

— Attends un peu, maintenant j'ai pas le temps.

Carmiña n'était pas loin et lui jetait des regards noirs.

La Nena s'est tournée carrément vers elle.

— Salut, Carmiña. Je suis venue voir ton mari. Puis elle a éclaté de rire. Allez, sers-moi une menthe, il est occupé pour le moment.

Ils ont peur de ce qu'elle peut leur dire, de ce qu'elle peut leur demander. Ils savent qu'elle vient de la part de Miguel et multiplient les regards et les mimiques pour lui intimer l'ordre de partir.

Mais la Nena sirote sa menthe en regardant autour d'elle comme si tout ça ne la concernait pas. Elle blague avec des ouvriers maçons en train de boire un demi sur le zinc, ils échangent quelques phrases obscènes et elle leur tape sur les doigts quand ils vont un peu trop loin. Ils n'insistent pas, terminent leurs bières et s'en vont.

Un jeune homme aux yeux tristes prend leur place. Il se tord les mains en réfléchissant à ce qu'il pourrait lui dire pour la brancher. La Nena sourit intérieurement, elle est tentée de lui pincer les fesses ou de lui demander du feu, ou un truc du même genre, mais elle s'abstient. Elle se contente d'ondoyer des hanches au rythme d'un refrain qu'elle fredonne entre ses dents.

Chava s'approche d'elle.

— Qu'est-ce que tu veux?, demande-t-il, agressif.

— Viens par là, répond la Nena. Elle prend son verre et se dirige vers le fond du bar. Là, entre les caisses de bières, elle se plante devant Chava et exhibe la montre aux deux cadrans, la Baume-Mercier noir et or. Je te la vends.

Chava examine la montre, se souvient qu'il l'a vue au poignet de Miguel et fait la grimace avec un geste d'impatience.

— C'est de la pacotille, dit-il.

— De la pacotille! Mon cul, oui! C'est de l'or pur. Je l'ai montrée à un bijoutier.

Chava continue à la faire rouler entre ses doigts.

— Avec une inscription au dos, en plus «À mon Manuel, avec tout mon amour, sa Beatriz.» Quelle merde. Comment veux-tu que je fourgue un truc pareil? Jette-la dans une bouche d'égout, c'est ce que tu as de mieux à faire.

La Nena redevient sérieuse.

— S'il te plaît. C'est à Miguel. Donne-lui un coup de main.

— Miguel, à l'heure qu'il est, il a du pognon plein les mains.

— Il ne peut rien en faire, tous les billets étaient numérotés. Allez, Chava, déconne pas, s'il te plaît... Ça ne te coûte rien... Donne-moi dix sacs et ça ira. Elle vaut au moins cinq cents tickets!

— Miguel est fou.

— Miguel est mort de trouille. Il est coincé, il se planque dans une taule de la plaza Palacio, la *Pensión Miami*...

— Je ne veux pas le savoir.

— Tu ne vas pas le laisser tomber maintenant, non ?

— Il a fait le con, c'est tout. Je lui avais dit de rester tranquille et maintenant qu'il s'est foutu dans la merde, qu'est-ce qui va se passer ? Il va se faire baiser, parce qu'ils finiront par l'avoir, ça c'est sûr, et ils sauront pour la montre, et je serai dans la merde moi aussi...

— Chava, s'il te plaît, fais-le pour moi...

— Vous êtes cinglés tous les deux.

— Donne-lui cinq sacs et qu'elle se casse, intervient tout à coup Carmiña.

— Retourne à la cuisine toi ! crie Chava.

— Il a voulu te mettre dans la merde dès le départ, Miguel. Et il y est arrivé. Même si tu ne donnes pas un rond à la Nena, quand ils se feront pincer, ils te balanceront ! Alors donne-leur cinq sacs et qu'ils se cassent de Barcelone !

— Avec cinq sacs, il n'y a même pas de quoi payer la *Pensión Miami*.

— Arrête de répéter qu'il est à la *Pensión Miami* ! bondit Chava dans un sifflement aigu. Je ne veux pas savoir où il se trouve !

— Cinq sacs, ça ne suffit même pas pour payer la note, insiste la Nena. Tu peux bien te fendre de dix sacs, putain. Dix sacs et Miguel se tire et tu n'entendras plus jamais parler de lui.

Chava se fraye un passage entre les deux femmes et leurs regards chargés de haine. Il passe derrière son comptoir et fouille nerveusement dans un tiroir crasseux. Carmiña tourne le dos à la Nena et s'éloigne vers la cuisine. Instantanément, Chava extrait trois billets de cinq mille pésètes qu'il tend aussitôt à la Nena.

— Prends ça et barre-toi. Je ne veux plus jamais te revoir. Ni toi, ni Miguel.

La Nena range l'argent.

— Tu n'es qu'une raclure de chiotte, Chava. En ce moment même, tu devrais être à la *Pensión Miami* en train de lui donner un coup de main.

— Fiche le camp d'ici avant que je t'éclate la gueule contre le mur.

XV

JEUDI 17 AOÛT

8h 45 du soir

— Je veux un avocat, bredouille Flaco.

— Assieds-toi, lui ordonne Sevilla.

Flaco porte un pantalon en velours noir et une chemise de la même couleur. Il porte le deuil de son visage. Il ne doit pas avoir plus de dix-neuf ans mais la petite vérole ne l'a pas raté : il a les joues couvertes de boutons purulents. Des cheveux longs et gras, tombant sur les épaules, et des yeux chassieux, dont les pupilles affolées roulent constamment de Correa à Sevilla, de la fiche sur le bureau au portemanteau, et de nouveau à la fiche, puis à Correa, à Sevilla, au sol, à la chaise…

— Je veux un avocat, répète-t-il.

— Pourquoi veux-tu un avocat ? demande Sevilla, très tranquille, en allumant une Winston. On ne t'accuse de rien du tout…

— Vous m'avez arrêté et les mecs qu'on arrête…

— Tu n'es pas en état d'arrestation. Tu es venu de ton propre chef pour discuter un moment avec nous et nous donner un coup de main.

— Mon cul, ouais.

Correa réprime une grimace de mécontentement, en se demandant comment Sevilla a fait pour amener Flaco jusqu'au poste.

— Nous n'avons rien contre toi, dit Sevilla. Donc on ne va déranger un avocat juste pour qu'il nous dise : « Mais ce jeune homme est parfaitement innocent. Il a un travail, il vit avec sa famille, il ne se drogue pas… »

— Je… Flaco avale péniblement sa salive. Je n'ai rien fait.

— Ça c'est bien ce que je voulais dire, remarque l'inspecteur dans un sourire. Toi, tu t'es juste vanté ! Alors comme ça, tu avais l'intention de réaliser un vol très sérieux, de grande envergure, une affaire de plusieurs millions…

— Mais je n'ai jamais dit ça !

— Bien sûr que si, tu l'as dit, le coupe Correa en affichant une patience extrême. Mais tu ne l'as pas fait. C'est là toute la différence. On ne condamne personne parce qu'il raconte à gauche à droite qu'il va attaquer un fourgon…

— Je n'ai jamais parlé du fourgon.

— Bon, du fourgon peut-être pas mais tu as parlé, en tout cas…

— Ce qui est curieux, intervient Sevilla, c'est qu'il a tout de suite su de quel fourgon nous parlions. Il a dit *le* fourgon.

— Oui, alors que moi j'ai dit *un* fourgon.

— Je ne sais pas… Vous avez dit…

— Tu as dit quelque chose à propos d'un fourgon, Correa ?

— Pas un mot.

— Mais quoi, le seul hold-up important qu'il y ait eu, c'est bien celui du fourgon, non ? se défend Flaco.

Quand un homme assis sur une chaise de commissariat prend un ton d'excuse, on peut dire que l'interrogatoire commence vraiment. Flaco n'est pas assez intelligent pour savoir ça, ni pour esquiver les pièges que lui tendent ses interlocuteurs. Correa et Sevilla sont soulagés, la séance ne durera pas longtemps. Correa tend le bras soudainement et met la fiche de Miguel Vargas sous le nez de Flaco.

— Tu connais ce type ?

— Hein ? il avale sa salive de nouveau. Si je le connais ? Non.

— Mais si, mon gars, rappelle-toi. C'est un des braqueurs.

— Écoutez, je ne suis pas un mouchard. Je ne veux pas qu'après…

— Mais tu n'as rien dit que nous ne sachions déjà !

— Alors, pourquoi vous me le demandez ?

— Mais on ne te le demande pas ! Ce n'était pas une question, j'ai simplement affirmé : « ce gars est l'un de ceux qui ont attaqué le fourgon ». Et toi, tu te souviens de lui, et c'est parfait, comme ça, tout le monde est content.

— Je ne me souviens de personne.

— Arrête ton charre, dès que tu as vu sa photo, tu l'as reconnu…

— Je n'ai reconnu personne !

— Bien sûr que si ! Et tu refuses de le dénoncer parce que, comme tu nous as dit, tu n'es pas un mouchard…

— Je n'ai pas dit…

— Qu'est-ce qu'il a dit ? intervient Correa, comme s'il avait perdu le fil. Il n'a pas dit qu'il ne voulait pas dénoncer Vargas ?

— Si ! Et je trouve ça très bien ! Mais il ne s'agit pas de le dénoncer, parce que nous, on sait très bien qui il est et où le trouver. Et on sait qu'il a pris part au vol… On est au courant de tout, ajoute Sevilla comme si c'était d'une logique implacable.

— Tout ce qu'on veut savoir, c'est comment il t'a contacté, où tu l'as rencontré, tu vois? Ce sont des détails mineurs, mais parfois ça peut servir. On sait déjà qu'il a voulu t'entraîner dans cette affaire et que tu n'as pas marché et on veut savoir pourquoi il s'est adressé à toi.

— Je ne l'ai pas rencontré.

— Allez, allez, puisque tu l'as reconnu dès que tu l'as vu ! Tu as bien dû le rencontrer quelque part, non ?

— Je ne... Je ne... Je n'ai pas dit... Flaco commence à perdre pied.

— Tu n'aurais pas quelque chose à nous cacher, par hasard ? bondit Correa, feignant de se foutre en rogne. Tu as fait une connerie ?

— Non !

— Tu ne te piques pas ou quelque chose de ce genre, hein ?

Les yeux de Flaco se dilatent de peur l'espace d'un instant.

— Non, non !

Les deux inspecteurs se regardent d'un air entendu. Ils savent pertinemment que Flaco se pique, mais ils veulent qu'il se rende compte à quel point il est coincé

— Alors, pourquoi tu ne nous aides pas ?

— Où est-ce que tu l'as connu, ce type ?

— Je n'ai pas participé au braquage !

— Mais qui prétend le contraire ? Puisqu'on te dit qu'on est au courant de tout. Je te demande où tu l'as connu, pas si tu l'as aidé...

— Allez, où l'as-tu rencontré ? tranche Correa brusquement.

— Qui te l'a présenté ? enchérit Sevilla.

— Je me rappelle pas… Personne.

— Vargas s'est approché de toi et t'a dit : « tu veux attaquer un fourgon avec moi ? » … Comme ça, de but en blanc ?

Le moment est venu de mettre Flaco au pied du mur. Les policiers sont près du but et n'ont qu'une envie, en finir, et rentrer à la maison, se retrouver en famille. Pendant un moment, il ne faut pas laisser au témoin le temps de répondre. Il faut l'écraser.

— Allons, mon gars, même toi tu n'y crois pas !

— Vargas et toi, vous vous connaissiez déjà. C'est lui qui a eu l'idée d'attaquer ce fourgon, dit Sevilla.

— Et il s'est demandé qui pourrait l'aider, enchaîne Correa.

— Flaco ! répond Sevilla. Et il est allé te chercher chez toi, ou il t'a accosté dans un bar…

— Et il t'a dit : « Flaco, on va attaquer un fourgon. » Et toi tu lui as répondu : « Écoute, Vargas… »

— Il ne s'appelle pas Vargas ! proteste Flaco, désespéré.

— Et comment il s'appelle, alors ? riposte Correa.

Un ange passe.

— Je ne sais pas comment il s'appelle. Je ne le connais pas.

— Alors, d'abord tu dis que tu le connais, ensuite qu'il ne s'appelle pas Vargas et maintenant que tu ne sais pas comment il s'appelle….

— Ce garçon est mouillé jusqu'au cou, conclut Correa. Retrousse-lui la manche, on le coffre pour usage de stupéfiants et ensuite on discute.

— Non, non, attendez…

— Comment s'appelle-t-il ?

— Dientes… Il nous… Il m'a dit qu'il s'appelait Dientes.

— Où l'as-tu rencontré ? Correa note sur un calepin : « Dientes. »

— Dans un troquet. Je ne sais plus lequel.

— Tu le connaissais auparavant ?

— Non !

— Qui te l'a présenté ? Qui t'a parlé de lui ?

— Je ne sais pas, je me rappelle plus…

— C'est quoi, le bistrot où tu l'as rencontré ?

— Je, j'ai oublié…

— Qui te l'a présenté ?

— Je… Je ne me rappelle plus…

— Allez, va, dit Correa à Sevilla. Appelle l'avocat.

— Non, non, attendez, s'il vous plaît.

— Bon, cède Sevilla très patient. On attend. Où est-ce que tu l'as connu ?

— Dans un troquet… Le… le *Bar Julio*, calle Cortinas.

— Qui te l'a présenté ?

— Non, ça écoutez, je peux pas… On s'est connu…

Les deux inspecteurs se précipitent soudain sur lui avec un bel ensemble. Flaco pousse un cri de surprise et de peur, esquisse un geste pour se protéger le visage, mais quatre pognes musclées sont plus efficaces que deux bras maigrichons. Flaco se retrouve les bras tordus dans le dos et crie « Non, non, s'il vous plaît ! ». Sevilla fait sauter les boutons des poignets et retrousse les manches jusqu'aux biceps, découvrant de nombreuses marques de piqûres…

— Regarde ça, Correa ! Ce gars là, c'est pas pour le braquage du fourgon qu'il faut l'embarquer, c'est pour trafic de drogue ! C'est une vraie passoire ! Allez, appelle l'avocat. Tu es en état d'arrestation, Flaco. Une longue période sans poudre t'attend, mon garçon…

— Non, non, s'il vous plaît, gémit Flaco, vaincu,

horrifié, au bord des larmes. C'est Marujo qui m'a parlé de Dientes… C'est Marujo…

Comme le supposaient les inspecteurs avant de se mettre au travail, ça n'a pas été trop difficile. Parfois, les séances durent toute la nuit.

XVI

VENDREDI 18 AOÛT

Midi et demi

Depuis neuf heures ce matin, le service des Attaques à main armée de la Brigade criminelle est plongé dans l'effervescence qui précède généralement la résolution d'une affaire. Il reste encore beaucoup à faire, mais on pourrait presque dire que ce sont de simples formalités. Les pièces du puzzle s'emboîtent parfaitement.

En premier lieu, l'appel téléphonique venant de la police de Saragosse. On leur avait demandé un complément d'enquête étant donné que Miguel avait vécu là-bas trois ans. Les recherches ont donné le résultat escompté. Miguel gardait des relations avec un type appelé Caro, Rafael Caro Diez, une vieille frappe qui avait été condamnée pour vol, trafic de drogue, proxénétisme et corruptions en tous genres. Ce type est toujours en contact avec les hautes sphères de la pègre. Le commissaire Robles précise qu'ils l'ont arrêté et que pour l'instant, ils ont réussi à confirmer qu'il sait bien quelque chose sur le vol du fourgon. Ils lui feront bientôt cracher le morceau.

Ensuite, les fiches que Correa a rassemblées sur son bureau, comme dans une vitrine. Mario Bolano Guerra, alias Marujo, celui qui a essayé de recruter des gens pour le hold-up, a été coffré par Gallego en même temps que Vargas, la fameuse nuit du 19 juillet 1971.

Et le *Bar Julio*, calle Cortinas, où Flaco a rencontré Miguel (maintenant, Dientes) appartient justement à Sebastián Benítez Gómez, alias Chava, autre membre de la bande de Cachas. Vargas, Marujo et Chava, trois survivants de la bande, en relation avec l'affaire du fourgon. Tout colle décidément.

Enfin, comble de bonheur, les gars des Meublés avait un cadeau pour lui. Un certain Miguel Vargas Reinoso loue depuis le 1er août une chambre à la *Pensión Miami*, dans la calle Reina Cristina, près de la plaza Palacio. Bon, la plaza Palacio est tout proche et il est seulement midi et demi, Correa et Sevilla auront le temps d'y aller et de manger un morceau sur place.

La propriétaire de la pension parle de façon volubile en gardant sa cigarette au bec. Elle s'imaginait bien que ce type ne pouvait pas être blanc comme neige. Il avait un regard étrange et oui, monsieur, le menton couvert de cicatrices. Il regardait les gens avec une lueur dangereuse dans les yeux, à tel point qu'elle n'a jamais osé lui dire qu'il ne fallait pas amener des femmes de mauvaise vie dans les chambres. C'est qu'elle ne permet ça à personne, non monsieur, c'est un établissement correct ici, mais à ce Miguel Vargas, elle n'osait pas trop aller lui dire quoi que ce soit.

— Peu après son arrivée, il a amené une fille et ils ont fait un raffut de tout les diables, du bruit, des cris… On aurait dit qu'ils se battaient, on les entendait tomber par terre et tout. J'étais sur le point d'appeler la police, enfin de vous appeler vous quoi, mais ça s'est arrêté, ils se sont tenus tranquilles. Des fois, il restait toute la journée enfermé dans sa chambre, sans faire le moindre bruit. Et quand il est parti, il m'a payée rubis sur l'ongle sans rechigner, oui, monsieur.

— Vous avez vu les femmes qu'il amenait avec lui ?

— J'en ai seulement vu une, deux ou trois fois, parce qu'elle venait très tard dans la nuit. Et je l'ai vue repartir en milieu de matinée, deux ou trois fois.

— Vous pourriez la décrire ?

Question de routine qui ne sert en général pas à grand-chose. Il faudrait que la personne décrite ait un signe particulier, une caractéristique très prononcée. Personne ne pourrait identifier la Nena à partir de la description que donne d'elle la propriétaire de la pension. Il y en a beaucoup à Barcelone, des brunes aux cheveux longs qui portent des vêtements tape-à-l'œil.

— Je l'ai revue par ici…

— Elle vit dans le coin ?

— Pas que je sache, mais je l'ai vue deux ou trois fois.

Correa tend un papier à la femme.

— Appelez-nous à ce numéro si vous la revoyez, d'accord ? C'est très important.

— Je trouvais que ça manquait le « *cherchez la femme* » , dit Sevilla en descendant les escaliers.

— Le quoi ?

— Non, rien. La fille. Dans tous les romans il y a une fille.

12h55

À travers le carton fendu, Miguel voit sortir Sevilla et Correa de la *Pensión Miami*. Ses doigts se referment sur la crosse du revolver.

Ces deux-là sentent les flics à plein nez, sûr qu'ils venaient pour toi, Miguel. Calme, Miguel, ils ne peuvent pas te voir. Le truc du carton était une grande idée. Quand tu as quitté la pension pour t'enfermer dans cet appartement comme un animal dans sa tanière, tu savais que tu aurais besoin de surveiller, d'attendre. Pour qu'on ne te voie pas tout le temps le nez collé aux carreaux, tu as brisé la vitre et tu l'as remplacée par ce carton avec une fente, par laquelle tu épies jour et nuit, nuit et jour. Quand tu as posé le carton, tu étais encore content, heureux de tes trouvailles. Lundi, après avoir vagabondé toute la journée, écouté dans les bars, à la télé ou à la radio, les informations concernant le vol, tu es revenu à l'appartement au petit matin, t'assurant que personne ne t'avait vu. Et depuis, tu y tournes en rond sans faire le moindre bruit, essayant de ne bouger que si c'est absolument nécessaire.

Et puis la joie et la satisfaction se sont envolées peu à peu. Une boule d'angoisse s'est alors logée au creux de la poitrine de Miguel, et dans son cerveau un bourdonnement, la folie qui s'approche. Les jours de malédictions à haute voix, de rage, de menaces, de projets avortés aussitôt conçus étaient revenus. Des tortures minutieusement organisées, jusqu'au dernier détail. Et la fièvre, les nausées interminables, les sueurs froides, la diarrhée, le cœur qui cogne comme s'il allait éclater d'un moment à l'autre. La peur, les minutes qui s'égrènent lentement, et la certitude que Gallego sera le premier à te trouver, parce que c'est un malin et qu'il doit être le premier, parce que c'est quelque chose entre toi et lui, fils de pute, un jour tu seras là et ce sera le grand jour.

Mais quatre jours c'est beaucoup lorsqu'on les passe dans l'obscurité d'une maison sale et vide. Et les imprécations ont fait place aux gémissement et à la terreur. Ce tremblement incontrôlable et cette sensation que tu n'éprouvais plus depuis si longtemps, Miguel. La sensation d'être seul, désemparé, à pleurer la nuit au cachot, et la désolation le jour où Caro a été libéré et qu'il t'a laissé impuissant aux mains de cette immonde bande de rats. La panique, le jour où Gallego t'a chopé, Cachas dans tes bras avec ce flot de sang qui te dégoulinait dessus et cet œil qui se balançait comme une énorme bille blanche et rouge. Des heures et des heures passent en attendant la venue de la Nena, toujours à l'aube, avec les boîtes de conserves et les bouteilles de cognac Veterano que tu bois au goulot comme s'il n'y avait que ça pour calmer ta soif. Quatre jours, c'est trop pour rester enfermé dans un appartement couvert d'une immonde pellicule grise où les traces de pas s'inscrivent comme un parcours dénonciateur. Du lit en fer à côté de la fenêtre, à la porte pour recevoir la Nena. Du lit en fer aux chiottes, des chiottes à l'odeur pestilentielle, qui sentent la merde comme aucune latrine au monde, parce que tu ne peux pas tirer la chasse, Miguel, personne ne doit savoir que tu es ici. Et la porte de droite que tu n'as jamais ouverte. Qui t'obsède. Qui se cache derrière cette porte ? Et aujourd'hui, tout à coup, la police débarque à la *Pensión Miami* et tu te rends compte que Gallego n'est pas aussi malin que tu le pensais. Ils sont arrivés avant lui, Miguel, et ils vont t'arrêter. La propriétaire de la pension aura remarqué quelque chose de bizarre dans l'appartement d'en face, elle leur aura déballé tout ce qu'elle sait et maintenant ils viennent te prendre au nid. Ou quelqu'un aura surpris les allées et venues de la Nena et aura montré l'appartement du doigt, là-bas, il se passe quelque chose de louche…

Miguel s'assoit sur le lit de fer souillé d'urine (pas possible d'aller toutes les cinq minutes aux chiottes, Gallego pourrait arriver juste à ce moment-là), le dos à la fenêtre, pointant le Bernardelli aux reflets chromés vers la porte. Maintenant, on devrait frapper ou bien démolir cette porte à coups de pied, et c'est le moment de canarder à tout va. Mais personne ne frappe, la porte reste debout, et Miguel sur son lit, revolver au poing, paralysé d'angoisse, le pantalon sali par l'urine et la merde, les yeux révulsés, avec une barbe de quatre jours, sans une once de haine. Seulement des tonnes de peur.

6h du soir

La police ne manque pas de renseignements sur Marujo. Il ne fait qu'entrer et sortir de prison pour des histoires de drogue. On sait que son point de vente de prédilection est la plaza General Mola, à Hospitalet. Pendant qu'il œuvre, un réseau de guetteurs sous ses ordres l'avertit en cas de danger. Quand ça arrive, Marujo jette sa marchandise dans un égout ou une poubelle et ne prend même pas la peine de fuir. Les flics savent qu'ils ne le prendront jamais avec de l'héroïne, des seringues, de la marijuana ou du hasch sur lui. Ils se contentent donc d'attendre le moment propice, où quelqu'un viendra leur indiquer sa planque et l'endroit où il cache la came. C'est pour ça qu'ils se satisfont de le contrôler de temps en temps, de l'embarquer parfois pour le calmer un peu, mais la plupart du temps, il se promène en liberté dans le coin.

Mais aujourd'hui, les clients, les guetteurs et les curieux ont compris que Marujo s'était fourré dans une sale histoire. D'abord à cause du déploiement d'un cordon de police tout autour de la place, et ensuite parce que Marujo a filé en courant comme un dératé. Ce coup-ci, c'est une grosse affaire. Quand il a su, pour le fourgon, Marujo a eu la trouille. Un coup bien plus gros qu'il ne pensait. Il n'aurait jamais cru Miguel capable de faire un truc de cette envergure. Descendre deux gardes, et voler neuf millions, ça fait mal. Il a appris un peu plus tard que Flaco avait été pris et qu'il avait dû se mettre à table. Dès qu'un gars vient l'avertir, « ils te cherchent » , Marujo ne se demande pas pourquoi.

La nouvelle le surprend au bar de l'Andalou, et il se dirige d'instinct vers les toilettes. Il s'enferme à clef, monte sur le siège, ouvre le vasistas, et, en se contorsionnant comme un singe, parvient à sortir. Le vasistas donne sur une cour intérieure très étroite sillonnée de grosses canalisations de vidange des eaux. Elles permettent de grimper le long du mur, comme l'homme araignée, en mettant un pied sur celles qui sont horizontales et l'autre sur les rebords de fenêtres, et en avant, en avant, avec la trouille qui vous mord les tripes et qui donne envie de dégueuler. Lorsqu'il arrive au troisième étage, la fenêtre est ouverte, comme il s'y attendait. Il saute à l'intérieur d'une minuscule salle de bains et l'Andalou, entendant du bruit, entre précipitamment, très affolé.

— Qu'est-ce qui se passe ?

— Fous-moi la paix, putain ! Ils me cherchent ! Je monte sur la terrasse !

Il se rue sur le palier et grimpe les marches quatre à quatre, crachant ses poumons, jusqu'à la porte de la terrasse que quelqu'un a déverrouillée, on ne sait pas quand. Il traverse la terrasse à toute allure, les cinq sens en éveil, des sifflements ou des balles vont bientôt résonner derrière lui. Il enjambe maladroitement les balustrades qui séparent les toits les uns des autres. Une des portes d'accès est ouverte. Miracle. Il l'ouvre et se précipite dans les escaliers, il ne sait pas où il va atterrir, si ça se trouve il va se jetter dans la gueule du loup. Mais non. Il débouche dans une rue inconnue et se met à courir comme si tous les tanks de l'armée étaient à ses trousses. Un taxi. Marujo lève la main, s'engouffre dans le véhicule et, essayant d'avoir l'air calme, dit :

— Paseo del Borne, s'il vous plaît.

XVII

SAMEDI 19 AOÛT

4h du matin

L'appartement n'est éclairé que par la lumière qui vient de la rue. Les ombres sont longues et se découpent sur le plafond. Les yeux brillent et le revolver aussi. La porte s'ouvre et Miguel, surpris, est sur le point de presser la détente. Il est toujours sur le point de presser la détente. Ça, c'est une autre de ses obsessions. Un jour, la Nena entrera et il pressera la détente et il la tuera et les voisins appelleront les flics et son plan tombera à l'eau.

La Nena, dans l'entrée, le regarde avec une sorte de pitié tendre. Une fois de plus, elle est prise de compassion pour cette espèce de pantin écroulé sur un lit adossé à une fenêtre. La Nena ne sait pas, ne peut pas penser qu'elle risque la mort chaque fois qu'elle pénètre dans l'appartement. Miguel ne tirerait jamais sur elle. Que ferait-il sans elle ?

Il lui jette un bref regard et se retourne vers le morceau de carton qui remplace la vitre. La Nena circule entre les bandes dessinées éparpillées sur le sol. *Aventuras del F. B. I, Hipo, Juan Centella, Florita, Monito y Fifi, El capitán Trueno.* Le premier jour, elles étaient parfaitement rangées en pile dans un coin. Le jour suivant, elle les a trouvées là, comme si Miguel les avait lancées contre le mur et le plafond.

La maison sent mauvais, très mauvais et la Nena ferme toujours la porte des toilettes avant toute chose. Elle ne proteste pas, ne fait aucun reproche. Elle ne dit jamais rien, mais chaque fois elle hait un peu plus cette porcherie. Dans un coin, une montagne de boîtes de conserves et de bouteilles de Veterano vides.

— Tu veux que je reste manger avec toi ? demande-t-elle d'une petite voix.

— Alors aujourd'hui..., Miguel se racle la gorge. La solitude lui tisse des toiles d'araignée dans la gorge. Aujourd'hui non plus, tu ne ramènes rien ?

— Comment ça, rien ? J'apporte des lentilles, du rosbif et...

— Du fric ! Tu ne ramènes pas de fric ! Ce sont des cris crachés qui ressemblent au sifflement dangereux d'un serpent. Ça fait trop longtemps que tu ne ramènes plus de fric, bordel... Putain de lentilles de merde... Je veux de l'argent.

— Mais, tu en as plus qu'assez... Sur la table de cuisine bancale, on voit l'ombre de plusieurs tas de billets.

— Tu ne fais plus la pute ?

Silence. Respiration haletante.

— Je t'ouvre les boîtes ?

— Tu ne fais plus la pute ?

Un long soupir.

— Non je ne fais plus la pute. Pourquoi veux-tu que je fasse la pute ? Et pourquoi est-ce que tu veux plus de fric ?

— Ces putains de pédés ont pris tout mon blé. Ils m'ont à peine laissé une brique et ils en ont emporté huit. Tu sais combien ça leur fait par tête de pipe ? Plus de deux millions et demi. J'ai fait le calcul, hier... ou je ne sais plus quand... Plus de deux millions et demi. Et pour moi, un seul.

Agenouillée sur le sol, la Nena ouvre les boîtes.

— Tu es retournée au *Palmer*? Danser avec ce pédé?

La Nena plonge la cuillère, sale depuis plusieurs jours (on ne peut pas laver, les voisins entendrait couler l'eau), dans la boîte de lentilles. Elle se relève et se dirige vers le lit, vers Miguel, à qui elle ne répond que lorsqu'il la regarde à nouveau.

— Oui, je suis retournée au *Palmer*, c'est pour ça que je rentre à cette heure.

— Quelle heure est-il?

— Quatre heures.

— Quatre heures? Déjà? Miguel commence à manger sans appétit. Ce midi, les flics ont débarqué à la pension. Je les ai vus. Ce putain de Gallego s'est dégonflé, il ne me cherche même pas. Avant, c'était un mec qui avait des couilles, maintenant, c'est une merde. Tu as vu la tête qu'il a? Une merde. Tu sais ce qui s'est passé? Eh bien, il a tout découvert et au lieu de venir me chercher, il est allé tout raconter à la police. C'est pour ça que ce sont eux qui se sont pointés et pas lui. Tu ne manges pas? ...

— Non, Miguel, je m'en vais.

Dans les yeux de la Nena, il y a une étrange expression, un mélange de détermination, de peur et, putain! elle a dit «je m'en vais» sur un ton, mais qu'est-ce qu'elle... La boîte et la cuillère tremblent dans les mains de Miguel et il est sur le point de les jeter contre le mur, mais attention, les voisins pourraient entendre le bruit... Alors, pendant que la Nena va chercher son sac, il pose délicatement la boîte de lentilles sur le lit.

— Non, tu ne pars pas, mange.

Elle se retourne vers lui, les yeux noyés de crainte. Miguel s'est levé et la braque avec son revolver.

— Il y a quelqu'un qui t'attend ?

— Personne ne m'attend, Miguel.

— Si on t'attend, on se fatiguera d'attendre. De toute façon, toi, tu restes ici. Mange, tu vas rester vivre avec moi.

— Non, Miguel, dit-elle sans conviction. Je m'en vais. Je n'aime pas cet appartement, je n'aime pas tout ça…

Miguel fait un pas en avant, l'empoigne par les cheveux et lui tire la tête en arrière, en collant le canon du revolver sur son cou.

— Ne crie pas…

— Tu ne tireras pas… Les voisins…

— Je te pique. Si tu crie, je te pique.

Il pousse brutalement la Nena sans lâcher ses cheveux noirs et collant de laque bon marché, comme ceux de la blonde de l'Alfa Romeo… Ils tombent à plat ventre sur le lit et il lâche son revolver pour sortir un couteau, clac, qui brille dans sa main. Il applique la lame sur le cou sans ride, un cou beau et tendre, comme celui de la blonde, l'autre fois…

— Je te pique, murmure-t-il.

— Laisse-moi m'en aller, balbutie-t-elle dans un sanglot. Sur le ventre, coincée par un genou sale, elle respire avec difficulté.

— Ce n'est pas possible…, murmure Miguel avec tendresse, comme on parle à un enfant ou à un être cher et innocent, et sa voix aussi se brise. Les flics ont parlé à la propriétaire de la pension, sanglote-t-il, elle a parlé de toi et ils te trouveront… Et après ils me trouveront moi…

— Je ne veux pas être là quand ils viendront Miguel…

— Et moi, je veux que tu sois là !

Ils ravalent tous les deux leurs larmes en même temps.

Elle n'a pas opposé de résistance, ne s'est pas débattue, n'a pas crié. Et elle aurait pu le faire car elle sait parfaitement que Miguel ne sera jamais capable de lui faire du mal. Il l'aime. C'est peut-être pour ça qu'elle est toujours avec lui, parce qu'il l'aime.

— D'accord, je reste.

Miguel se lève et la relâche lentement. Il referme son cran d'arrêt et regarde à travers les carreaux sales de la fenêtre.

— Pourquoi ? demande-t-il dans un soupir. Pourquoi rester ? Pourquoi tu fais tout ça pour moi ? Je ne suis qu'un pauvre type, Nena.

Elle s'est assise sur le lit et lisse ses vêtements.

— Parce que j'en ai envie.

1h de l'après-midi

Salvador Gallego Perea sait que tout ce qu'il a à faire c'est d'attendre. Lui aussi est en train de regarder par la fenêtre. Et ce qu'il contemple, ce n'est pas la façade grise de l'immeuble d'en face, mais la ville entière. Une ville immense qui abrite son Ennemi. En sortant du fourgon, Gallego a compris le message de son Ennemi, armé et déguisé en ouvrier. Quand il a vu qu'il ne tirait pas, une joie infantile l'a envahi. Il a eu l'impression de ressusciter après des années de routine mortelle. À cause de toi, je me suis fait jeter de la police. À cause de moi, tu t'es tapé quatre ans de taule. Toi et moi, nous avons un sacré compte à régler. Et tu es venu me chercher. Eh bien, j'ai hâte de te retrouver.

Dès la fameuse nuit (ça fait combien d'années maintenant ? sept, huit ?), Gallego a su que ce type était dangereux. C'est pour ça qu'il a poussé les choses jusqu'à l'extrême limite. Et son retour le fait rajeunir. Tu vois Salvador que tout n'était pas perdu ? Depuis qu'il a revu son Ennemi, il ressent une espèce de dépression dans la poitrine, et de chatouillis dans le bas-ventre qu'il n'avait plus éprouvés depuis qu'il n'est plus flic. C'était ça qui te manquait : l'excitation du danger. C'est à cause de ce manque que tu as pris du ventre et des poches sous les yeux. Gallego n'a pas besoin de se regarder dans la glace pour savoir que ses yeux ont retrouvé leur éclat d'antan, cet éclat qui plaisait tant aux femmes. Il sait que tout ce qu'il a à faire, maintenant, c'est d'attendre.

Quand on se lance dans une enquête en partant de zéro, on doit jeter les hameçons qu'on a en main et attendre. Si aucun poisson ne vient mordre, peu importe. L'Ennemi veut qu'ils se rencontrent et ils finiront par se rencontrer. En prévision de ce moment-là, Salvador veut être en forme, détendu, sûr de ses moyens.

L'autre jour, il a souri en découvrant que la police le surveillait. Cette R-5 en bas, et ce gars qui ne fait rien d'autre que se promener constamment, nerveux et fatigué. Des gamins ! Mais à qui croyez-vous avoir affaire ?

Le téléphone sonne et Salvador répond avec une rapidité surprenante, devançant Pilar.

— Allô ! crie-t-il avec la même énergie que celle qu'il mettait dans ses interrogatoires.

— Monsieur Gallego ? C'est Benítez... Le gars de l'épicerie...

— Qu'est-ce qu'il y a ?

— Vous vous rappelez, l'autre jour, vous m'avez demandé des informations sur Marujo, et je vous ai dit qu'il faisait du trafic de drogue et que je ne savais pas où il vivait ?

— Oui. Alors, où est-il ?

— Oh, ça personne ne le sait. Je vous appelais pour vous dire qu'hier la Brigade lui est tombée dessus, ils ont bouclé le quartier, le grand jeu, quoi. Manifestement, ils le cherchent pour quelque chose de sérieux.

— Que s'est-il passé ?

— Marujo s'est barré.

— C'est pas beaucoup pour les cinq sacs que tu as palpés, Benítez.

— Oui mais, qu'est-ce que vous voulez… J'ai pensé que comme il avait l'habitude d'aller au bar de Chava, peut-être…

— Et où est-ce qu'il est, le bar de Chava ?

— Ah, ça, c'est facile. *Bar Julio*, calle Cortinas, près de la calle Borne.

— Merci.

— Qui c'était ?

— On t'a sifflée, toi ?

Il entre dans sa chambre, prend le calibre 22, modèle Llama XV, et le glisse dans sa ceinture au niveau des reins. Comme avant. Le poing américain dans la poche de sa veste…

— Salvador ! crie Pilar depuis la salle à manger. Salvador ! Qu'est-ce que tu es en train de faire ?

… Et quelques lames de rasoirs dans l'autre poche. Enfin ! Tout est à nouveau comme avant !

Il traverse la salle à manger comme un souffle, ignorant Pilar et son hystérie – Pilar n'existe pas, c'est un fantôme – et sort de la maison en claquant la porte.

Semer le policier est un jeu d'enfant. Il suffit de sortir du parking à toute vitesse, de prendre la calle Borrel en sens interdit jusqu'en haut, en évitant habilement les deux ou trois voitures qui en descendent.

L'inspecteur, pris par surprise, court à sa R-5, monte

dedans, tourne la clé de contact et après avoir fait une manœuvre, donne un coup de poing au lave-glace, comme si tout était de sa faute.

2h 30 de l'après-midi

Au *Bar Julio*, calle Cortinas, il n'y a pas grand-monde. C'est le premier jour d'un week-end qui s'annonce radieux, avec un soleil et une chaleur de tous les diables, et la plupart des gens du quartier sont partis à la campagne ou à la plage. Les quatre habitués aux bérets, qui jouent aux cartes à une table, un vieux couple qui mange en silence un peu plus loin, les yeux rivés à leur assiette respective, et deux types au comptoir, mal rasés et avec une molle envie de s'amuser. Derrière le bar, une femme fait la plonge. Elle n'est pas mal, avec des yeux de chat et des lèvres que l'on aurait envie de mordre. Les deux fêtards sans entrain la déshabillent du regard tout en admettant qu'un troisième café-cognac serait de trop.

— Chava est là ? demande Gallego.

Tout le monde le regarde. Même le vieux couple. Au fond du bar, Chava sort la tête de derrière une caisse de bière, où il doit être agenouillé. Gallego se dirige vers lui d'un pas décidé. Quand il arrive près des caisses, l'autre est déjà debout, le cœur serré et la bouche sèche. Il cligne des yeux, déconcerté. Gallego est fatigué de voir des regards comme celui-là, des regards qui feignent l'innocence. Il sort son automatique et le pointe discrètement sur Chava.

— Un de tes parents est mort, dit-il à voix basse, et tu dois fermer le bar. Maintenant, tout de suite, ou je te fais exploser les couilles.

La respiration de Chava s'accélère, sa poitrine se soulève et s'abaisse comme s'il était en train de se noyer, à moins que ce ne soit une façon de montrer qu'il n'est pas si cave que ça. Et son regard perd sa fausse innocence et devient celui de la souris qui cherche comment échapper au chat. Regard dangereux. Gallego ôte le cran de sécurité, en faisant tout son possible pour que l'autre s'en rende compte.

— Qu'est-ce que tu crois ? Que j'en suis pas capable ? Hein ?

Chava prend un air faussement dégagé. Il détourne les yeux et se dirige vers le comptoir.

— Messieurs, s'il vous plaît ! dit-il. Je suis désolé mais je dois fermer... Il pousse doucement les types mornement allègres vers la sortie et s'incline vers le couple de vieillards. Je suis désolé, ma mère est mourante... Il faut que je ferme.

Derrière le bar, la fille aux yeux de chat casse un verre.

— Toi aussi, Carmiña ! Attends-moi dehors ! Chava commence à perdre patience et tout le monde se doute qu'il se passe quelque chose de louche.

— Comment pourrait-il être question que Carmiña s'en aille ? Gallego s'approche, les mains dans les poches de sa veste, et prend le ton douloureux du parent apitoyé. Attention Chava, mon flingue est pointé sur toi. C'est un malheur qui touche toute la famille... Je veux vous parler à tous les deux...

Ce sont des choses qui n'arrivent qu'au cinéma. Le shérif entre, et c'est la débandade dans le saloon. Mais Gallego est habitué à ce genre de scènes. Ce n'est pas la première fois qu'il réalise quelque chose de semblable. La différence, c'est qu'avant, il lui suffisait de montrer sa plaque en même temps que l'automatique. Maintenant, il se sent comme quelqu'un qui bluffe au poker. Mais le bluff marche bien. Toutes les cartes sont distribuées. La bande des quatre est déjà dehors, le couple trottine jusqu'à la sortie sans rechigner, les noceurs à la triste figure sortent derrière eux. Le seul qui suit la mise, c'est Chava, parce qu'il ne peut pas faire autrement. Et Carmiña aux yeux de chat.

Au-dessus, Marujo se fait un sang d'encre. Il se passe quelque chose.

— Maintenant, ferme le rideau, on a des choses à se dire.

Marujo ne peut pas saisir ce qui se dit, mais il entend le rideau se baisser. Le cœur serré, les doigts crispés dans un tic nerveux, il cherche autour de lui un moyen de s'enfuir. Deux ou trois fenêtres donnent sur la rue, mais elles sont totalement inutiles. Pour celui qui est en bas, rien de plus facile que de relever le rideau et se lancer à ses trousses. Combien peuvent-ils être ? Parce que ce sont les flics qui lui collent au cul, ça ne fait aucun doute. Mais combien ? Deux ? Un qui surveille et l'autre qui va monter ?

Marujo entre dans la chambre de Chava et de Carmiña. Au-dessus de l'armoire, une lucarne laisse passer une lumière trouble. Elle donne derrière, sur le patio. Marujo n'hésite pas. Du lit, il saute en haut de l'armoire. Quand on a les poulets sur les talons, l'exercice est plus aisé qu'il n'y paraît.

Gallego a sorti son arme et l'estomac de Carmiña s'est retourné. Chava reste impassible.

— Maintenant, montre-moi où tu habites, Chava, je veux voir tous les recoins.

— Tu n'es pas un flic, Gallego.

— Mais j'ai un flingue et pas toi. Avance ou je te descends !

— Qu'est-ce que tu me veux, Gallego ? Tu suis blanc

comme neige. Je connais le commissaire du district et quelques inspecteurs…

— Avance ou je te descends !

Encastré entre l'armoire et le plafond, Marujo essaie de faire céder le loquet de la lucarne, qui n'a pas été ouverte depuis des années. Il a entendu le cri, n'a pas reconnu la voix, mais a clairement identifié l'aboiement d'un flic et ça suffit à le décider à sortir en vitesse de ce trou à rat. Il jure par tous les Dieux et tous les objets sacrés qu'il connaît jusqu'à ce que le loquet cède. Alors, il pousse le battant de la lucarne, qu'il franchit en passant d'abord la tête, puis les épaules, pour découvrir qu'il est tombé dans une souricière. La lucarne donne sur la cour intérieure du bar.

Chava devant, Carmiña ensuite et Gallego derrière se dirigent vers le fond de l'établissement. À peu près vers la moitié de la salle, les caisses de bière forment une barrière que les clients ont l'habitude de ne pas franchir. Il y a quelques tables, une porte à gauche…

— Ouvre cette porte ! ordonne Gallego.

La jeune femme obtempère. C'est la cuisine. Avec la technique d'un expert, l'ex-policier jette un coup d'œil dans la pièce. Personne là-dedans.

— On continue.

Au fond, à gauche, un escalier conduit à l'étage. Au-dessous, une double porte vitrée.

— Ouvre !

Comme il fallait s'y attendre, elle donne sur une cour intérieure. Les caisses qui s'empilent là, à la différence des autres, sont en bois et on dirait que personne n'y a touché depuis des années. Des siphons oubliés de tous.

— Sortez !

Ils sortent. C'est un réduit minuscule, sans toit, avec un bassin, une autre porte et des caisses et des caisses enfouies sous les toiles d'araignée et une crasse millénaire. Chava n'attend pas l'ordre, il ouvre la porte. C'est un chiotte. Le plus sale et le plus immonde que Gallego ait jamais vu. Une bouffée d'air nauséabond arrive jusqu'à eux. Et, plus loin, le muret qui borde la courette. Gallego recule. Il ne veut pas être trop près de Chava, au cas où... Il est évident que personne n'a pu entrer dans cette cour, puisqu'elle était fermée de l'intérieur. Il recule maintenant jusqu'à l'escalier abrupt.

— Qu'est-ce qu'il veut ? chuchote Carmiña.

— Laisse, c'est Gallego. Il finira bien par se fatiguer.

Mais c'est de la mise en scène. Gallego sait qu'ils font ça parce qu'il les écoute. Il sait qu'ils lui cachent quelque chose.

— Montez ! ordonne-t-il.

Chava passe en premier. Ensuite Carmiña. L'escalier est presque vertical. Quand Gallego grimpe derrière eux, les fesses de Carmiña sont à hauteur de son nez. Il met le canon de son automatique sous la blouse grise, juste entre les fesses.

— Ta pouffiasse a mon flingue dans le cul, Chava ! crie-t-il. Si jamais tu tentes quelque chose, je tire.

— Bordel de merde, Gallego, qu'est-ce que tu veux, à la fin ? Dis-moi ce que tu cherches, putain, Gallego, je suis prêt à t'aider ! éclate soudain Chava.

Ça, c'était un truc pour donner l'alerte. Gallego sait comment ils s'y prennent ces petits connards. Ça, c'était un signal.

Et Marujo a très bien entendu. Gallego, c'est Gallego ! Il a calculé son coup et il espère que tout va bien se passer. Il passe les jambes par la lucarne et reste accroché par les aisselles. Il tâtonne avec ses pieds pour trouver le muret de séparation entre le bar et le magasin adjacent. Il le sent sous ses pieds, assure sa prise. Maintenant vient le plus difficile : lâcher la fenêtre. Si tu perds l'équilibre, Marujo, tu es foutu.

Gallego et ses deux prisonniers arrivent dans une grande salle qui servait autrefois de salle à manger. Maintenant, comme le reste de l'établissement, elle est transformée en un mélange d'entrepôt et d'arrière-boutique. Apparemment, Chava et Carmiña mangent en bas dans le bar, et n'ont pas l'usage de cette pièce. Tout est couvert de poussière. La table, le buffet, le vaisselier et tout ce qui s'y amoncelle. Des caisses de bières, une lampe, un portemanteau, une bicyclette rouillée, un tube en verre, ébréché, où l'on peut lire « Sidral » s'entassent à côté de la table, sur le plancher… Les fenêtres qui donnent sur la rue sont fermées. Gallego regarde autour de lui.

— Qu'est-ce que tu cherches, Gallego ? demande Chava. Bordel, dis-moi ce que tu cherches…

— Je cherche Marujo, et Miguel. Et je te cherche toi… Derrière lui, une porte. Ouvre ça et dis à Marujo de sortir.

Chava ouvre la porte et se pousse sur le côté afin que l'on voie bien que la pièce est vide. Il a été le premier surpris de voir que Marujo n'y était pas, mais il est resté sans réaction. Gallego, lui, perçoit de l'air frais et lève les yeux. Il voit la lucarne ouverte au-dessus de l'armoire et comprend ce qui s'est passé. Il plante le canon de son automatique dans l'estomac du jeune homme qui se plie en deux. Carmiña pousse un cri suraigu. Gallego attrape Chava par les cheveux, le projette à l'intérieur, contre la porte qui fait un bruit effrayant, et écrase son genou entre ses jambes. Puis comme s'il venait de se souvenir de quelque chose de secondaire, il se retourne vers Carmiña qui le regarde, horrifiée, et murmure :

— Toi, tiens-toi tranquille, sinon tu peux dire adieu à ton gigolo…

Et il poursuit comme s'il s'était agi d'une incise pénible mais inévitable. Chava commence à dire quelque chose comme « Écoute, Gallego… » quand il prend un coup cruel sur le nez. Le canon de l'arme zèbre à deux reprises son visage et un flot de sang jaillit, impressionnant.

— Où est Marujo ? La question a cinglé comme un coup de fouet.

— Je ne sais pas…, balbutie Chava.

— Où est Miguel ? sur le même ton.

— Je ne sais pas…

— Tu sais ce que je lui ai fait à Miguel ? Le canon cogne doucement les dents de Chava. Ce qu'il sent contre ses gencives est une promesse de douleur mortelle. Tu sais que je lui ai arraché toutes les dents à coups de crosse ? Tu sais que maintenant il porte un dentier ?

Il tire brutalement sur les cheveux et Chava s'effondre en faisant craquer le plancher de bois. Là, il porte les mains à son entrejambe et se tord de douleur. Gallego lui envoie quelques coups de pieds dans les reins et l'autre étouffe un hurlement.

— Maintenant, tu sais ce que je cherche, Chava, siffle Gallego sur un ton venimeux. Ne me fais pas répéter les mêmes questions, ça me rend irritable…

— Je ne sais pas…, répète Chava en hoquetant, je ne sais rien…

Gallego prend un pas d'élan et shoote rageusement, de la pointe du pied, dans la tête de Chava. La tête roule, le corps roule avec, et le jeune homme se retrouve le nez au mur, écrasé contre la plinthe écaillée, sans bouger. Carmiña, secouée de sanglots silencieux, se mord les poings à s'en faire saigner.

— Déshabille-toi, dit Gallego, avec un soupir de résignation.

— Non..., gémit Chava, face contre le mur, montrant ainsi qu'il vit encore, qu'il n'a pas perdu connaissance. La claque résonne comme un applaudissement et la jeune femme atterrit contre la table de la salle à manger. La bicyclette glisse sur le sol dans un grand fracas de métal rouillé.

— À poil, je te dis ! T'as pas entendu ?

— Non, non, non... gémit Chava.

— Ta gueule, toi ! Nouveau coup de pied dans les reins, nouveau gémissement étouffé, le jeune homme se tasse contre le mur. Toi, la pouffiasse, à poil...

Le plus horrible, c'est ce ton fielleux. Comme s'il expliquait calmement quelque chose de simple et, devant l'incompréhension de son auditoire, se voyait forcé d'utiliser des méthodes qu'il réprouve.

Carmiña ôte sa blouse. Elle porte un de ces soutiens-gorge noirs qui font pigeonner la poitrine et dissimulent à peine les mamelons. Putain de soutif, se dit Gallego. La culotte est toute petite, de couleur mauve, et s'effiloche sur les cuisses.

— Bieeeeen... Maintenant le soutien-gorge... Allez !

— Non, non, non... supplie Chava.

La poitrine de Carmiña tombe un peu mais reste encore appétissante. Gallego trouve le spectacle à son goût ; il aime les mamelons très noirs et très larges, ça l'excite.

— Et maintenant, la culotte. Il sourit.

Carmiña s'exécute. Bon, elle est pas mal du tout la garce, elle a du chien. Et comme ça, tout effrayée, elle est encore plus attirante.

Un violent coup de crosse l'atteint soudain au visage. Dommage pour ta gueule, semblent dire les yeux de

Gallego, mais il n'y a pas d'autre moyen. La fille glapit et s'écroule sur le sol, jambes écartées. Gallego pose le canon de son arme sur son sexe. Un sexe velu que personne n'a jamais dû raser. Quelque chose de joli, vraiment.

— Non !, pleurniche-t-elle.

— Écoute-moi bien, Chava... Il secoue la tête, comme s'il répugnait à faire ce genre de choses, comme si ce n'était pas sa faute. Je lui fourre mon flingue dans la chatte, à ta greluche, et pendant qu'elle prend son pied, toi, tu me racontes tout, d'accord ?

— Nooooon... ! couine Carmiña, tétanisée par la terreur.

— Salopard ! Bouger lui est un calvaire, ses testicules sont un gouffre de souffrance, mais Chava saute sur Gallego. Un bond grotesque. L'autre se contente de faire tournoyer sa main armée comme la pale d'un moulin et Chava est projeté la tête la première contre la bicyclette, dans un fracas qui semble éternel.

— Dis-lui, Seba, dis-lui, pour l'amour du ciel, dis-lui ce que tu sais... !

On pourrait entendre le râle de Chava de l'autre côté de la rue.

— Miguel..., halète-t-il péniblement.

— Plus fort ! réclame Gallego, comme s'il était au théâtre.

— Miguel... ! Le jeune homme essaie de forcer sa voix, mais empêtré comme il l'est dans la bicyclette, comme un pantin désarticulé, et dans l'état où il se trouve, il ne produit qu'un geignement douloureux. Miguel se planque dans un meublé... *Pensión Miami*, m'a dit...

— Comment tu le sais ?

— C'est la Nena, elle vit avec lui !

— Quelle Nena ?

— La Nena ! je lui connais pas d'autre nom. Celle qui danse au *Palmer*. C'est tout ce que je sais !

— Eh ben voilà ! Gallego se redresse, l'air las, déplorant qu'on l'ait obligé à recourir à ces méthodes extrêmes. Vous voyez ?

Une fois debout, il se dirige vers Chava, l'attrape par les vêtements et l'extirpe de la bicyclette, qui refait du vacarme, tas de ferraille de merde. Puis, comme s'il n'en pouvait plus, comme si les jambes lui manquaient, Gallego se laisse tomber à genoux sur le thorax de sa victime. Et crache :

— J'espère seulement que tu ne m'as pas... *menti* !

Gémissement...

Il se relève, soupire, jette un dernier coup d'œil, qui se veut admiratif, à Carmiña, et descend lourdement les escaliers.

Ils l'entendent traverser le bar, lever d'un coup sec le rideau métallique, une pause, puis le rabaisser.

— Je suis foutu, Carmiña, il m'a tué... articule Chava dans un râle. Appelle un médecin, j'en peux plus, Carmiña...

Carmiña bondit jusqu'au buffet, ouvre un tiroir et en sort une poignée de bijoux.

— À cause de ça ! crie-t-elle. Les colliers s'enroulent autour de ses doigts tandis qu'elle fouille encore, cherchant quelque chose. C'est une montre en or, avec deux cadrans. Pour cette merde ! Elle jette la Baume-Mercier à la tête de Chava, avec rage, comme pour lui faire encore plus de mal. Pour cette putain de montre ! Mais tu ne comprends pas, imbécile ? Tout ça, c'est la faute de Miguel ! Tu ne comprends pas ?

Et elle répète « tu ne comprends pas ? » jusqu'à ce que les sanglots l'étouffent.

Les bras en croix, comme les funambules de cirque, Marujo a fait trois enjambées sur le muret. En arrivant à l'angle formé avec le muret mitoyen, incapable de garder plus longtemps son équilibre, il a sauté à l'aveuglette, est tombé sur le toit d'un appentis et s'est tordu la cheville, mais il était enfin hors de l'enceinte du bar, hors de portée du Gallego et ça lui a donné des ailes. Tandis qu'il traversait un patio privé, encombré de pots de fleurs et de linge étendu, qu'il grimpait le long d'un mur et descendait de l'autre côté, il a décrété qu'il commençait à se faire trop vieux pour des équipées pareilles

Arrivé sur la terrasse d'un parking, il en a dévalé la rampe de sortie à tombeau ouvert, poursuivi par les cris de l'employé. Il s'est retrouvé à l'air libre et, à bout de force, a pris un taxi, direction calle Reina Cristina. Il a failli s'évanouir en chemin, un méchant coup de fatigue. Malgré la chaleur étouffante de cet après-midi d'août, il a des frissons. C'est fini, pense-t-il. Terminé, le deal ! Maintenant, ils ne te lâcheront plus d'une semelle. Mets les voiles avant que tous les flics du pays te tombent sur le poil. Tu es mêlé à un hold-up avec deux cadavres. Deux gardes assermentés ! Alors tu récupères ta part de butin et bonjour chez vous.

Sans prendre la moindre précaution, il entre dans l'allée, monte les escaliers aussi rapidement que le lui permet sa cheville et plaque la paume de sa main sur la sonnette. Miguel et la Nena l'ont entendu. Leurs cœurs se sont arrêtés de battre durant une seconde. Le revolver se dresse comme un pénis excité.

Marujo réalise que la sonnette ne marche pas et qu'il n'y a pas de lumière dans l'appartement. Il tambourine sur la porte du bout des doigts et colle son visage à la serrure pour chuchoter à voix basse :

— Ouvre, Miguel, c'est moi... C'est Marujo, Miguel !

La Nena s'approche avec précaution de la porte. Elle est pieds nus et ne fait pas le moindre bruit. Miguel se lève d'un bond et la suit sur la pointe des pieds.

— Qui est là ? souffle-t-il d'un ton impérieux.

— C'est moi, putain ! Ouvre, je te dis ! C'est moi, Marujo !

Miguel ouvre la porte, l'attrape par le revers de sa veste et le happe vers l'intérieur de la pièce, en lui collant le revolver sur le cou.

— On va t'entendre, connard ! dit-il entre ses dents.

La Nena referme soigneusement la porte.

— Gallego te cherche, Miguel ! Il est allé chez Chava avec l'intention de le faire parler ! Miguel, tu sais comment il est, ce cinglé...

Miguel se détend. Un sourire énigmatique éclaire son visage. Il relâche sa proie et baisse son arme. Enfin. Gallego n'est donc pas un lâche. Il ramasse le gant, il relève le défi. Ça y est, il est en route. Enfin. Tu as bien fait d'être patient.

— Ça fait des jours que je t'attends, Marujo. Je te croyais mort.

Tout à coup, Marujo se crispe. Miguel et la Nena offrent un spectacle désolant. Très sales tous les deux, comme s'ils s'étaient traînés dans la poussière qui tapisse le sol de l'appartement. Avec des regards fixes qui glacent le sang. Des fous dangereux. Tous les deux. La Nena, échevelée, le visage maculé, autant que Miguel.

— Je suis venu chercher ma part. Je mets les bouts.

Miguel cesse de sourire et le regarde avec indifférence.

— Je l'ai pas volé, non ? C'est moi qui t'ai donné l'idée du braquage. Et je t'ai trouvé trois types, ils t'ont pas servi, d'accord, mais j'ai fait ce que j'ai pu, non ? Je t'ai prêté dix sacs pour que tu prépares le coup ! Et en plus, ils ont arrêté Flaco, un des gars que je t'ai envoyés ! Hier, ils me cherchaient comme des dingues, je te jure, comme des dingues… Les flics savent que je t'ai aidé et que je trempe dans l'affaire avec toi… Je mérite bien une part du butin, pas vrai, Miguel ?

Miguel hausse les épaules et tend le bras. Sur la table disloquée de la salle à manger, il y a trois gros tas de billets de cinq mille.

— Bien sûr, Marujo. On a travaillé ensemble. C'est pour ça que je t'ai donné cette adresse, tu te rappelles ? Vas-y, sers-toi.

— Combien ?

— Tout.

— Tout ?

— Mais pas tout de suite. Quand tu auras terminé ton travail. Tu m'as dit que tu m'aiderais à baiser Gallego, hein ? Eh bien, on lui règle son compte et tu te tires avec tout ça. Un million et demi, Marujo, pour toi tout seul.

— Mais, et toi ?

Miguel se retourne en direction de la fenêtre, se laisse tomber sur le lit et regarde par le carton fendu.

— Alors comme ça, Gallego est allé chez Chava…, dit-il. Et maintenant, il va venir ici…

Marujo et la Nena s'approchent de lui doucement, sans faire de bruit, comme pour être plus attentifs à ses paroles. Ils regardent par la fenêtre. La rue est déserte. Une voiture passe. Un couple se promène en se pelotant.

— Il va venir ici, répète Miguel. Je savais que tu finirais par m'aider à lui régler son compte. Tu vois que c'est pas compliqué ? Merci, Chava, tu as agi comme un vrai pote.

4h 20 de l'après-midi

— Regarde !, s'exclame Marujo.

Le voilà. Avec un costume gris informe, le col de chemise ouvert, et une cravate rayée. Il marche en se dandinant mais il n'y a rien de ridicule dans cette démarche vigoureuse et décidée. Il est là. Dans la mire de son revolver. Miguel enlève le cran de sécurité.

— Tire, Miguel ! grogne Marujo.

C'est fini. Tu es au bout du chemin, Miguel. De ta main gauche, tu soutiens la droite, assurant ton appui, les coudes sur le lit. Tu places ton doigt sur la détente et tu retiens ta respiration. Il ne faut pas que ton poignet faiblisse. Huit balles neuf millimètres. Huit balles pour Gallego. Je vais toutes te les mettre dans les couilles, connard. C'est fini.

— Tire Miguel !

La Nena attend une sorte de miracle. Maintenant, Miguel va appuyer sur la détente et tout va changer. Miguel redeviendra comme avant et ils fuiront ensemble.

— Tire Miguel ! Allez, mets-lui son compte cette fois !

La Nena pense de toutes ses forces : « Tire, tire, tire. »

Gallego pénètre dans le hall de la *Pensión Miami*.

— Putain de merde, Miguel ! Mais à quoi tu joues ?

Cachas s'agrippant au tronc d'un arbre, était tombé à genoux. Un œil sortait de son orbite et il lui coulait du nez un flot de quelque chose qui, dans la pénombre, avait l'air noir. Gallego doit être en train de parler avec la propriétaire de la pension. Il a dû se faire passer pour un flic.

« Police ! Pas un geste ou on tire ! » , *et les craquements que Miguel n'avait pas identifiés comme des coups de feu.* « Est-ce qu'un jeune avec des cicatrices sur la bouche habite ici ? Un grand, blond... » *« Tais-toi ! Tais-toi ! » et chaque « Tais-toi » était un coup qui lui écrasait les lèvres et lui emplissait la bouche de sang.* « Il vivait ici, mais il est parti. Il a laissé une adresse ? Non, aucune. »

— Le rate pas quand il sortira, Miguel..., supplie Marujo. Éclate-lui la tête à cet enfoiré !

Gallego réapparaît à la porte de la pension et reste planté là à regarder autour de lui bien tranquillement. Il sait que tu es tout près, parce que c'est toi qui l'as fait venir, Miguel, et maintenant il se demande où tu es et ce que tu as dans la tête.

— Mais putain, tire, Miguel !

Je t'arracherai les yeux, connard, je te remplirai la bouche de verre brisé et ensuite, je t'arracherai les dents une à une, fils de pute, je te couperai les couilles. Que deviennent tes serments, Miguel, toutes ces tortures raffinées ?

— Maintenant, Miguel, tire maintenant !

Crac, une balle et il s'écroulera, ou il tombera à genoux. Tu dois enchaîner tes huit balles très vite, Miguel, sinon, tu risques de ne pouvoir lui mettre que la première. Vise la jambe, Miguel, qu'il souffre. Crac, la seconde dans la poitrine. Crac, la troisième dans la tête. Non, il ne se rendrait compte de rien. Il crèverait comme ça...

— Mais, putain de bordel, à quoi tu penses, Miguel ? TIRE !

... Non, il ne se rendrait compte de rien. Il est là, en train de se demander où tu es et pourquoi tu l'as amené là et soudain, il sentirait l'impact, crac, et puis plus rien. Sans douleur, sans souffrance, sans rien...

Gallego s'en va par où il est venu.

— Miguel ! rugit Marujo, désespéré.

Miguel se retourne, le visage déformé par la haine et la fureur, son doigt blanchi aux jointures crispé sur la détente…

— Non ! Pas comme ça ! C'est trop facile ! Marujo, livide, retient sa respiration. Miguel ajoute, un peu plus calme : Pas comme ça… Je sais où il habite…

Sa mâchoire tressaille. Son corps est parcouru de frissons tandis qu'il cherche dans une poche, puis dans une autre, et encore une autre… Enfin, un papier froissé tremble dans sa main.

— Voilà ! Calle Borrel, près du marché San Antonio… Sa voix vibre. On va aller le chercher chez lui, Marujo. Maintenant, je sais qu'il a des couilles et qu'il est prêt à faire face… Alors moi aussi, je vais faire face… Tu as une arme ?

— No… non.

— Eh bien, trouve-t-en une !, Miguel veut sourire mais un rictus lui déforme le visage. Tu ne peux pas te débiner, Marujo. Chava m'a donné un coup de main, maintenant, c'est ton tour… Tu ne crois pas que tu vas palper un million et demi juste pour regarder, non ? Trouve-toi un flingue et on se retrouve ici à sept heures et demie… O. K. ? Ensuite tu prends ton blé et tu fais ce que tu veux.

La Nena contemple les deux hommes, le regard vide.

5h de l'après-midi

Chava a dit vrai à propos de la planque de Miguel ; il n'y a donc pas de raison pour qu'il ait menti à propos de la fille qui lui a donné l'information. La Nena… Le *Palmer*…

— Il y a une fille ici qui s'appelle Nena?

— Comment?

— La Nena. Une danseuse, je crois.

— Oui, concède le portier, habillé de vert. C'est la Pepa. Mónica, celle qui danse avec le Grand Manfred.

— Elle est là? Je peux la voir?

— Elle n'est jamais là si tôt. Son premier passage est à minuit. Et après, à une heure et demie.

Il est cinq heures.

— Bon, je vais l'attendre, décide Gallego.

Il n'y a rien d'autre à faire.

7h 45 du soir

Quand Correa est arrivé à la Brigade, après avoir passé la journée à interroger ses indics pour retrouver la piste de Miguel, Sevilla lui annoncé qu'il avait des nouvelles : une bonne et une mauvaise.

— Donne-moi la mauvaise d'abord.

— Gallego s'est évaporé. Il a découvert que Lallana le suivait et il l'a semé de la façon la plus spectaculaire. En prenant comme un fou un sens interdit.

— Nous voilà beaux... Correa a branché le ventilateur et s'est mis juste devant les pales pour effacer la chaleur suffocante de l'extérieur. Et la bonne?

— Le type de Saragosse, Caro, il a craché le morceau. Miguel lui avait demandé de lui procurer des hommes de main pour un hold-up. Il les lui a fournis : trois Sud-Américains. Le juge a déjà émis un mandat d'arrêt.

— Magnifique! ...

Il y a des bonnes nouvelles qui ont le pouvoir d'ôter complètement l'amertume des mauvaises. Cette affaire est en train de se régler impeccablement. Quand un policier connaît le nom du délinquant, qu'il a sa photo et ses empreintes digitales, on peut dire que l'enquête est pratiquement close. Il sait que tôt ou tard, le délinquant tombera. S'il est malin, il restera caché quelque temps. Mais personne ne peut rester caché très longtemps sans que les indics l'apprennent. Le fuyard devra garder un contact avec l'extérieur, il lui faudra se nourrir, et il finira par sortir. Alors, il n'y aura plus qu'à tendre le bras et à le cueillir.

— Qu'est-ce qu'on fait avec Gallego ? demande Sevilla.

— Tu as quelque chose à faire ?

— Euh, non. Enfin, pas grand-chose.

— Va surveiller son appartement. Et appelle ici toutes les demi-heures, d'accord ?

— Et toi ?

— Moi, je vais faire un tour chez l'ami de Miguel... Chava, celui qui tient un bar dans la calle Cortinas.

Correa descend la Vía Layetana au volant de sa 850, en se disant qu'il aurait dû parler plus tôt avec Chava. Quand il a demandé des informations sur lui au commissariat du district, l'inspecteur de garde lui a répondu que c'était un magouilleur, que son bar faisait tripot la nuit, à ce qu'on disait, mais qu'il ne se risquerait jamais dans une affaire de neuf briques. Chava leur rendait parfois de menus services. Ce n'était pas un indic de premier choix, mais ils avaient résolu quelques affaires grâce à lui. Ils l'ont à l'œil et il se tient à carreau. Pourtant, Correa se dit maintenant que Chava est un ami de Miguel et de Marujo, et que puisque ces deux-là ont disparu, le plus logique est d'aller interroger leur ami commun.

Il gare la petite Seat sur le trottoir de la calle Cortinas et s'approche du *Bar Julio*. L'établissement est fermé mais de la lumière filtre sous le rideau baissé. Correa ne prend pas la peine d'appeler, il soulève le rideau de fer et entre dans le bar désert.

Un chatouillement étrange lui parcourt la nuque. L'atmosphère est bizarre. Abandonnées sur la table, deux assiettes à moitié pleines attirent son attention.

— Il y a quelqu'un ?

Correa sort son arme réglementaire et se dirige droit vers le fond de la salle. Sur la gauche, un escalier escarpé conduit à l'étage. Il y a de la lumière en haut.

— Il y a quelqu'un ? répète-t-il. Police !

Il monte les marches une à une, silencieusement, en pointant son arme devant lui. Et tombe sur un tableau digne d'un film d'horreur. Une femme nue, recroquevillée sur le sol, les genoux sous le menton, un grand couteau de cuisine à la main. Le plus horrible est son visage tout taché du sang qui sort de sa blessure à la joue, mélangé au rimmel qui a coulé à cause de ses larmes. Et ses yeux grands ouverts, fixés sur lui. Correa pense à une folle qui serait restée cachée des années et qui aurait tué tous ceux qui auraient violé sa grotte. Il ne sait pas quoi dire. Il a de la peine à réaliser et regarde autour de lui.

— J'ai cru que c'était lui qui revenait, balbutie la femme.

Correa se retourne et découvre la chambre et le corps disloqué étendu sur le lit. Avant toute chose, il se penche sur la femme et lui prend délicatement le couteau des mains.

— Que s'est-il passé ? demande-t-il avec plus de brusquerie qu'il ne l'aurait souhaité.

— Il est mort…, répond-elle, la voix blanche.

Correa entre dans la chambre. Il a un haut-le-cœur à la vue de cet homme aux yeux révulsés, étouffé par un caillot de sang. Il se retourne vers la femme, plus pour échapper au spectacle que par compassion.

— Qui a fait ça ?

— Gallego, cette ordure, Gallego… S'il revient ici, je lui fais la peau… Ses yeux reprennent vie : rendez-moi mon couteau, je vais le tuer, ce fils de pute !

Correa jette un œil alentour Sur le plancher, des bijoux épars. Et une montre. Sans réfléchir, et encore impressionné par la vue du cadavre, Correa s'accroupit et la ramasse. La marque lui rappelle quelque chose. Une Baume-Mercier, avec deux cadrans ovales. L'un marque trois heures moins le quart, l'autre, dix heures moins le quart. Le verre est brisé. Au dos, on peut lire « À mon Manuel, avec tout mon amour, sa Beatriz, 12-IX-53/12-IX-78 »

— Que voulait Gallego ? demande-t-il machinalement.

— Savoir où se cachaient Marujo et Miguel… Tout ça à cause de cette saloperie de montre…

— Vous lui avez dit où ils se trouvent ?

— Bien sûr qu'on le lui a dit… Vous ne voyez pas ce qu'il a fait à mon mari ? Le femme répond sans quitter le mur d'en face des yeux, fascinée par la cage d'escalier, comme si elle craignait encore d'y voir surgir Gallego.

— Où sont-ils ?

— À la *Pensión Miami.*

Correa soupire, soulagé.

— Où l'avez-vous trouvée, cette montre ?

— C'est cette pute, l'amie de Miguel, elle est venue la vendre à Seba… Et Seba s'est fait avoir. Il parlait toujours de Miguel, pauvre Miguel, qu'est-ce qu'il va devenir, Miguel, il s'est mis dans une sale histoire… Et quand cette pute est venue, il lui a acheté la montre, elle aurait mieux fait de se la foutre au cul, pute de merde, Miguel de merde, merde de merde…

Correa se relève, descend l'escalier et décroche le téléphone derrière le comptoir.

— Allô ?

— C'est Correa. Envoie une voiture au *Bar Julio* dans la calle Cortinas. Et dis aux gars de l'Identification de venir, il y a un mort.

— Nom de Dieu !

— Dis… Quand Sevilla appellera, tu lui diras de monter chez Gallego, qu'il l'attende chez lui. Qu'il le retienne, c'est lui l'assassin.

— Bon Dieu, c'est du rapide !

Au moment où il raccroche, Correa sent quelque chose d'indéfinissable dans son dos. Une respiration, une présence. Il se souvient de la femme au premier, du couteau et du mort, son sang ne fait qu'un tour et il se retourne d'un seul coup.

— Qui êtes-vous, que voulez-vous ?

C'est une fille mince, décoiffée et très sale. Ses grands yeux pleins de larmes éclairent son visage noirci, empreint d'une expression de désolation totale. Elle a sans doute entendu ce qu'il a dit au téléphone.

— Je venais voir… ce qu'il ont fait à Chava… dit-elle d'une voix peu assurée.

— Vous êtes une amie… une parente… ?

— Je suis la Nena, répond-elle simplement. La fiancée de Miguel.

8h 40 du soir

Sevilla raccroche, sort de la cabine téléphonique et traverse la rue d'un pas rapide.

— C'est Sevilla, a-t-il dit. Il y a du nouveau ?

— Tu parles ! Il faut que tu montes chez Gallego. S'il est là, tu l'arrêtes. Sinon, tu l'occupes ! Il a descendu un type ! Tu veux qu'on t'envoie quelqu'un ?

— Non, ça ira.

Il sonne à l'interphone correspondant au sixième étage, porte C. On met du temps à lui répondre.

Il est furieux. Il déplore de ne pas avoir prévu ce qui est arrivé. Gallego est un fou. Un type qui en arrive à agresser le commissaire en chef est capable de tout. Ils auraient dû anticiper, l'arrêter dès le premier jour. Un type comme ça ne doit pas se promener en liberté. C'est un danger public.

— Qui est là ? C'est un gémissement angoissé, une voix de femme apeurée.

— Salvador Gallego… ?

— Qui est-ce ?

— Police.

Une hésitation. Un long moment de silence. Mais on ne coupe pas la communication.

— Mon mari n'est pas là ! Il lui est arrivé quelque chose ?

— Non madame. Je veux seulement lui parler.

Chuchotements.

— Il n'est pas là.

— Ça ne fait rien. Ouvrez-moi. Je vais l'attendre.

Maintenant oui, on coupe la communication. L'interphone est bien trop impersonnel pour ce genre de situation. Tu ne peux pas montrer ta plaque, tu ne peux pas arriver chez les gens par surprise. Sevilla se sent un peu dans la peau d'un malfrat dans ces moments-là. Aussi indésirable qu'un malfaiteur. Madame, monsieur, installez un interphone dans votre appartement. Vous éviterez les visites intempestives des voyous, des cambrioleurs, des assassins et de la police. Sevilla n'aime pas ces appareils. Une concierge, aussi mal virée soit-elle, aurait bougonné, avec un soupçon de crainte dans la voix : « Bon, d'accord, entrez. » Cet engin, par contre, se contente d'émettre un bourdonnement à faire dresser les cheveux sur la tête. Un vrombissement péremptoire, comme un ordre aboyé d'un ton rogue, et il faut se précipiter pour pousser la porte, assez vite pour que ce foutu appareil ne bloque pas de nouveau le passage.

Dans l'ascenseur, il pense à ce qui va se passer maintenant. Gallego ne se trouve pas chez lui, ça s'est sûr, sinon il l'aurait vu entrer. Le mieux sera d'attendre, assis devant la porte, pour le surprendre avant qu'il ne réagisse. Pas question de supporter les questions anxieuses de l'épouse énervée. Il faudra trouver un moyen de s'en débarrasser. Il a les mains moites. Et si Gallego était chez lui ? S'il était arrivé avant Sevilla ? Et s'il sort son flingue en se servant de sa femme comme rempart ? Avec qui chuchotait-elle tout à l'heure ? Sevilla sort son automatique de l'étui et le met dans la poche de son blouson.

La porte de l'appartement est grande ouverte et la femme de Gallego Perea se trouve tout au fond du couloir, très loin, se tordant les mains avec une expression de tristesse. À ce moment précis, Sevilla a la conviction que Gallego est chez lui et que sa femme essaie de le protéger. Il pénètre avec prudence dans l'appartement, en s'efforçant de ne trahir ni sa peur ni sa méfiance. Il est flic. Rares sont les gens qui osent s'en prendre à un policier. Ils essaient de le convaincre, ils le menacent parfois, mais ils ne l'attaquent jamais comme ça de sang froid. À moins d'avoir affaire à un homme traqué. Ou à un fou.

Il ferme la porte derrière lui et commence à avancer dans le couloir. Il passe devant une porte fermée et une autre à moitié ouverte.

— Votre mari rentre tard, madame… ?

Elle le regarde avec des yeux horrifiés. Elle lève les

mains et se mord un doigt. Non, ce n'est pas lui qu'elle regarde. Par-dessus son épaule, derrière lui…

Sevilla plonge la main dans sa poche, saisit son arme et se retourne d'un seul mouvement. Mais il n'a pas le temps de voir quoi que ce soit. Juste une ombre, une vague silhouette, un homme qui agitait frénétiquement un bras très long au-dessus sa tête. Sevilla reçoit le coup sur la tempe et son cerveau éclate en morceaux, le couloir se remplit de taches lumineuses qui masquent son assaillant, il perd connaissance et s'écroule.

— Attache-le, ordonne Miguel à Pili, qu'il tient en respect, une main plaquée sur sa bouche et l'autre braquant son revolver sous son menton.

— Oh, Seigneur, vous l'avez tué ! gémit tristement Pilar.

9h 05 du soir

Correa tient la Nena par le bras, et celle-ci remarque son excitation lorsque le policier en uniforme farfouille dans la serrure avec le rossignol. Correa a l'impression depuis une heure et demie d'avoir été entraîné dans une ronde infernale, dans d'interminables montagnes russes.

Quelle pagaille ça a été au bar de la calle Cortinas ! Les allées et venues des brancardiers, du médecin légiste, des inspecteurs du commissariat de *Estación del Norte*, de l'inspecteur du service des Vols faisant l'inventaire des bijoux retrouvés, et enfin, l'arrivée triomphale du juge. Un tumulte chaotique autour de lui pendant qu'il essayait d'interroger la Nena, laquelle ne tenait que des propos incohérents. Miguel veut rendre sa part de l'argent, c'est la vérité, il ne voulait pas tuer les deux gardes, il a été trompé. Miguel voulait seulement retrouver Gallego, mais ils ont profité de lui…

— Mais Gallego, il voulait le tuer ?

— Comment ?

— Est-ce qu'il voulait tuer Gallego ?

Interruptions constantes :

— Correa ! Romero veut te parler…

— Plus tard !

— Correa ! Alfonso demande ce qu'il fait de la montre, s'il la met sur sa liste ou si tu en as besoin…

— Mais vous ne voyez pas que je suis… ?

— Correa, le juge t'appelle !

Suant comme un bœuf, avec cette goutte éternelle au bout du nez, Correa s'incline sur la Nena assise qui le regarde avec des yeux fiévreux.

— Il voulait tuer Gallego ou pas ?

— Mais vous voyez bien qu'il ne l'a pas tué, non ? dit la Nena. Le jour du hold-up, il aurait pu le tuer et il ne l'a pas fait…

— Où se cache-t-il ?

— Comment ?

— Où se cache-t-il, bordel !

— Je veux aller avec vous… Moi, je peux lui parler, il ne tentera rien… Il a peur, il veut se rendre…

Un des gars de l'Indentification passe à proximité ; Correa l'attrape par la manche.

— Eh, Romero ! Vous avez fini ?

— Pas tout à fait, attends… On a trouvé une quantité invraisemblable d'objets volés. Ce type était un fourgueur de première…

— Allez, grouille-toi, on a autre chose à faire !

— Fais pas chier… !

Et quelle odyssée pour trouver un véhicule et deux agents

avec des fusils. La voiture a été le plus difficile à trouver. Correa, la Nena, Romero et les deux agents se sont entassés à l'intérieur.

Enfin, le rossignol vient à bout de la serrure. Correa sort son arme, on entend claquer les culasses des fusils qu'on charge. La Nena se mord les lèvres. Ils allument des lampes-torches, franchissent le hall et grimpent les escaliers. Aucun ordre n'est nécessaire. L'école de police, l'expérience, la logique et les téléfilms ont enseigné ce qu'il faut faire.

Contre le mur et sur le côté de la porte, au cas où on tirerait de l'intérieur à travers le panneau. Un instant d'hésitation. Il vaut mieux ne pas allumer la lumière de la cage d'escalier, si jamais elle marche. Le faisceau des torches les éblouira (on voyait de la rue que l'appartement n'était pas éclairé) et de toute façon, quand ils entreront, l'obscurité les favorisera. La main de Correa presse le bras de la Nena.

— Miguel ! souffle-t-elle. C'est moi, Nena... ! Je suis là... Ils ne te feront pas de mal ! Et elle ajoute aussitôt, sans attendre une éventuelle réponse : Il n'est pas là.

Correa la regarde intrigué. La lumière des torches dessine des expressions sataniques sur les cinq visages. L'inspecteur fait un signe de tête. Un des agents capte le message et fonce brutalement dans la porte, l'épaule en avant. Un bruit sourd et il se réfugie quelques marches plus bas, pour parer au pire. L'autre prend le relais, charge, un solide coup d'épaule et la porte s'ouvre. Emporté par son élan, l'agent plonge dans la gueule du loup. Les torches éclairent l'entrée. Rien ne se passe.

— Vargas ? interroge Correa.

— Il n'est pas là, répète la Nena, à côté de lui.

Il n'y a que des traces de pas, imprimées dans la poussière qui couvre le sol.

— Attention aux empreintes, recommande Romero, le gars de l'Identification.

Romero et Correa pénètrent dans la tanière, en rasant les murs avec précaution. Ça pue le renfermé, la sueur, l'humidité et la merde.

Un agent reste dehors pour surveiller la Nena. L'autre, celui qui a défoncé la porte, est resté pétrifié au milieu de l'entrée, persuadé qu'on allait le recevoir à coups de feu.

— Couvrez-nous, merde ! murmure nerveusement Correa.

La salle à manger est jonchée de bandes dessinées poussiéreuses. Sous les fenêtres du balcon, un lit en fer crasseux aux draps défaits. Par terre, dans un coin, des boîtes de conserve vides, d'autres pleines, un tire-bouchon et plusieurs bouteilles de cognac. À droite, une table. Dessus, trois tas de billets de cinq mille pésètes.

— Ne touchez à rien, recommande Romero. Il y a beaucoup à faire ici, Correa.

— Bon, alors écoute, je te laisse. Tu te charges de tout, moi, je file à la Brigade, interroger la fille.

Une fois à la Brigade, alors que tout semblait plus calme :

— Quelles nouvelles de Sevilla ?

— Aucun signe de vie.

— Il n'a pas téléphoné toutes les demi-heures ?

— Non.

— Il est allé chez Gallego ?

— Oui.

— Tout seul ? Vous ne lui avez envoyé personne ?

— Euh… Non… Il a dit qu'il se débrouillerait tout seul.

— Mais il est débile, celui-là ! Qu'est-ce qu'il s'imagine ? Que Gallego est un vieux gâteux ? Qu'il va l'arrêter comme ça ?

— Je ne sais pas… Il a dit…

— Envoyez-lui quelqu'un immédiatement ! Et bien armé !

— On n'a personne, Correa ! Ne nous bouscule pas... On est en août, c'est les vacances, il y a eu deux assassinats, trois hold-up... On n'a personne de disponible pour l'instant, Correa !

Correa s'arracherait les cheveux. Il se retient de frapper du poing sur la table, il la briserait en deux. Il est furibard. Il éponge la sueur de son front d'un revers de manche et souffle si rageusement que les papiers du bureau s'envolent. Il allume une cigarette.

— Bon, eh bien, coffre-moi celle-là... Pour complicité et aide à personne recherchée. Trouve-lui un avocat et tout le toutim. Moi, je vais voir ce qui est arrivé à Sevilla...

— Non ! bondit la Nena. Maintenant, c'est elle qui l'attrape par le bras. Je veux aller avec vous... !

Correa la regarde, incrédule. Il ne manquait plus que ça.

— Pour... ?, demande-t-il.

— Parce que Miguel et Marujo sont là-bas. Ils sont allés chez Gallego.

9h 50 du soir

Gallego en a eu assez d'attendre. Miguel l'a déçu. Miguel n'a pas eu les couilles de tirer le jour du hold-up. Il en crevait d'envie, mais il n'a pas osé. Et maintenant, il s'est barré, ou il se cache, ou il est en train de faire dans son froc. Inutile de perdre son temps au *Palmer*, à supporter ces guignols qui se trémoussent sur une musique à vous percer les tympans. Gallego se sent déçu, frustré, tandis qu'il arrête sa Seat Ritmo à l'angle de la calle Borrell et de l'avenida

Manso. Pas un flic en vue. La R-5 du jeune qui l'a surveillé ces jours derniers a disparu. Bien entendu, Chava n'a pas osé porter plainte. Il pourra donc rentrer chez lui sans problème. Gallego redémarre, pénètre dans le parking et s'enfonce dans les profondeurs de l'immeuble.

Dans l'ascenseur, il se sent vidé. Le duel n'a pas eu lieu. Il a surestimé Miguel en voyant en lui l'Ennemi qu'il avait attendu toute sa vie, mais il s'est dégonflé. Peut-être même était-ce un pur hasard de se retrouver lors du hold-up. C'est fini, Salvador. Quelques jours d'espoir et en fin de compte, rien. Le retour à la routine. Ça a été amusant le temps que ça a duré. Il ouvre la porte de l'appartement et traverse l'entrée, sans aucune précaution. Arrivé dans la salle à manger, il se fige. Un type barbu, vêtu d'une canadienne de cuir marron clair, est couché sur le sol, comme mort, les deux mains emprisonnées dans des menottes au dossier d'une chaise, de telle manière que même inconscient, on dirait qu'il implore le ciel. Pilar est assise dans un fauteuil, les yeux exorbités. Et Miguel, l'homme aux cicatrices, le porc, se colle contre Pili, qu'il tient d'une main et bâillonne de l'autre. L'Ennemi. Alors tu étais là, fils de pute. Le canon d'un automatique se plante dans les reins de Salvador.

— Tranquille, petit père, dit une voix dans son dos.

Il ne peut rien faire. Une main plonge dans sa poche droite. Le Llama calibre 22 prenait trop de place pour ne pas être remarqué. On le lui enlève.

— J'avais envie de te voir Gallego. Je suis fatigué de jouer à cache-cache, dit l'Ennemi. Et il pousse en avant Pili qui trébuche contre la table. Attache ces deux-là pour qu'elles ne fassent pas de raffut. Et toi, Gallego, viens avec moi dans ta chambre. Gallego obtempère, le cerveau travaillant à cent à l'heure, comme une calculatrice électronique. Si tu tentes quoi que ce soit, pédé, je n'aurai qu'à crier pour que mon pote descende tes deux pouffiasses. O. K. ?

De la porte, Gallego regarde l'autre intrus. Il est petit, carré, trapu et cache son visage derrière un passe-montagne qui permet seulement de voir de grands yeux de cocker triste. Les yeux de Marujo.

Les meubles de la chambre sont anciens, solides et démodés. Le lit surtout, avec son chevet très haut et ses pieds très bas surmontés de petites colonnes tressées, baroques et de mauvais goût.

Lentement et sans perdre Salvador de vue, Miguel pose son revolver sur la table de nuit. Il sourit. Les cicatrices dessinent comme des rides absurdes sur sa lèvre supérieure et sa mâchoire. Très sûr de lui, il s'approche de Salvador et lui montre le fil électrique :

— Couche-toi sur le lit, la tête au pied.

Gallego obéit sans se presser. Tous deux se déplacent comme au ralenti, comme s'ils exécutaient un rituel sacré.

— J'aurais cru que ça se passerait autrement, soupire-t-il.

— Couche-toi.

Il se couche. On n'a pas besoin de lui dire ce qu'il a à faire. Il met les bras en croix, approchant les poignets des petites colonnes tressées, démodées et de mauvais goût.

— Je croyais que tu aurais plus de couilles, remarque-t-il, un spasme de peur palpitant dans sa gorge.

Miguel rit. Il a les yeux fous. Il enroule soigneusement le fil autour du poignet droit et tire sauvagement. Gallego serre les poings et bande ses muscles. Une lutte imperceptible s'engage. Enfin, Miguel passe le câble autour de la colonnette, fait plusieurs tours et noue énergiquement, une fois, deux fois, trois fois.

— Qu'est-ce que tu vas faire ?

La même chose pour l'autre côté. Le poignet gauche est solidement attaché au lit. Miguel sourit comme un enfant devant une friandise. Il en bave presque. Il n'aurait jamais cru que ce serait si facile. Il se mord la lèvre inférieure et se redresse, jouissant de l'expression de haine qu'affiche Gallego. Puis, il porte la main à sa bouche, y introduit l'index et le majeur et retire prestement, comme s'il s'attendait à des applaudissements, son sourire de tête de mort. Il le pose sur la table de nuit, à côté du revolver et toujours au ralenti, sort une paire de pinces de la poche arrière de son pantalon.

— Maintenant, tu vas comprendre, espèce de pédé. J'ai passé huit ans à rêver de cet instant, dit-il en zozotant.

D'instinct, Gallego serre les lèvres au point qu'elles deviennent une ligne très mince. Miguel lui tombe dessus. La maison s'emplit d'un feulement étouffé, guttural.

— Salva ! Qu'est-ce qui se passe ? crie Pilar depuis la chambre d'à côté.

— Papa ! crie Pili.

Gallego rue de toutes ses forces, mais ça ne sert à rien. Miguel s'est laissé tomber sur son estomac et y a planté son coude. Salvador essaie de se protéger comme il peut, fermant les yeux, la bouche, tirant de toutes ses forces sur ses bras, tant pis si Pilar et Pili… qu'elles aillent se faire foutre… Il faut que tu te détaches et que tu démolisses ce connard avant que…

— Tu es beaucoup trop gros, pédé, s'esclaffe Miguel en frappant les lèvres closes avec ses pinces. Une marque sanguinolente apparaît. Tiens-toi tranquille, gros lard !

Les coups pleuvent. Les lèvres, écrasées entre les pinces et les dents, commencent à saigner. Un gargouillement monte de la gorge. Les yeux de Miguel ont

debout au milieu de la chaussée, brandit son arme des deux mains pour mieux viser. Correa esquive de peu la voiture et reconnaît Gallego au volant. Bon Dieu, son visage ! En une fraction de seconde, il se rend compte du massacre, le sang dégoulinant de la bouillie qui lui tient lieu de bouche.

La voiture tourne au coin de la rue. Miguel s'arrête net évitant d'être percuté. Il regarde et, terrorisé, reconnaît Gallego. Qui se penche vers l'autre portière, l'ouvre, puis rugit de se dépêcher. Tu n'es plus maître de ton corps, Miguel, quelqu'un d'autre le manipule, une autre volonté que la tienne. Toi, tu ne devrais pas monter dans cette voiture, mais tu le fais et tu te demandes pourquoi. Gallego redémarre aussitôt, en seconde, puis passe immédiatement la troisième pour foncer à toute allure dans l'avenida Manso, en sens interdit.

Correa est remonté dans sa voiture où la Nena l'attend, tétanisée. Il bataille pour la faire démarrer, recule, fait demi-tour, fonce dans la direction qu'a prise Gallego. Un véhicule roulant en sens inverse doit piler pour les éviter, klaxon bloqué, rageur. La vieille 850 zigzague, frôle les voitures stationnées sur la droite, mais se redresse et suit de près la Seat Ritmo qui traverse la ronda San Antonio. Correa ne pense à rien. Dans une poursuite comme ça, il ne faut pas penser. Il faut seulement appuyer sur l'accélérateur et ne pas lâcher sa proie. Surtout, ne penser à rien, sinon tu te dégonfles et tu te fais semer.

Pas de barrage au carrefour de la calle San Antonio Abad, qui est aussi en sens interdit. La Ritmo s'y engouffre de manière suicidaire, en faisant crisser les pneus. Des phares s'allument en face, l'aveuglent, et, à une allure folle, Gallego tourne à droite, rebondit contre le mur puis contre une voiture en stationnement, avant de foncer dans une rue très étroite. La 850 s'est vue obligée de stopper net devant une voiture qui venait en face et a évité la collision à cinquante centimètres près. Correa, le sang lui battant les tempes, les orbites douloureuses, fait signe au conducteur de dégager la route, mais l'autre refuse et sort de son véhicule.

— C'est un sens interdit, abruti, pour qui tu te prends !

Pas le temps de discuter. Correa recule. Les voitures qui arrivent frôlent, l'évitent, le klaxonnent, l'abreuvent d'insultes…

La Seat Ritmo remonte le Paralelo, en direction de la plaza España, à vitesse normale.

— Où veux-tu qu'on aille ? articule Gallego, éclaboussant le pare-brise de sang et de bave. Difficile de saisir ce qu'il dit.

Correa est dans une cabine téléphonique, le combiné collé à l'oreille, le corps agité par des frémissements nerveux. Il maudit le bip-bip intermittent, met la main dans sa poche pour prendre encore de la monnaie et tombe sur la montre Baume-Mercier en or qui indique deux heures différentes. « À mon Manuel, avec tout mon amour, sa Beatriz. »

Il raccroche et se dirige vers la voiture où la Nena semble s'être transformée en statue.

Gallego concentré sur sa conduite, plonge la main dans la poche de sa veste et sort le revolver. Il le tend à Miguel, qui le soupèse. C'est son Bernardelli, avec VB gravé sur la culasse, qu'il a graissé tant de fois à Saragosse en attendant ce jour. Il soupire…

.. Et le jette par la fenêtre.

11h 35 du soir

Le plafonnier de la voiture enveloppe les deux hommes d'une lueur blafarde, sinistre. Ils se regardent. Dans les yeux de Salvador, un ordre : « Alors, tu viens ? Tu me cherchais, non ? Tu m'as trouvé. » Dans ceux de Miguel, une hésitation indéfinissable, un vague soupçon que ce n'était pas exactement ce qu'il voulait. Salvador est le premier à bouger. Il ouvre la porte, descend, fait quelques pas et se plante devant les phares. Miguel le suit. Il récupère peu à peu son corps, tremblant et incertain, reprend conscience de la douleur qui l'envahit, au bas-ventre, à la tempe, là où Salvador a frappé. Il est fatigué, il ne veut pas se battre. Maintenant, il sait qu'il ne veut pas se battre. Il veut seulement qu'on le laisse tranquille. Mais il est trop tard. Tu es face à Gallego, maintenant. Ce n'est pas ce que tu voulais ?

Salvador a fouillé dans la poche gauche de sa veste. Il croise les mains. Miguel se demande ce qu'il fait. Soudain, les phares de la voiture font scintiller le coup de poing américain et Miguel comprend. Il attaque à l'aveuglette, rentrant la tête dans les épaules et fonçant bras en avant pour saisir le poing bardé d'acier. Les deux hommes s'empoignent. Tournant sur lui même, Salvador frappe de haut en bas, et Miguel, plié en deux, de bas en haut. Il cherche à frapper à l'estomac, aux testicules, n'atteint que les cuisses de son adversaire qui recule, vacille, mais ne tombe pas… Ils sortent du champ de lumière dessiné par les phares et, dans l'obscurité, la lutte est encore plus dure, plus confuse… La main de Gallego, protégée par le poing américain, frappe Miguel dans le dos, une fois, deux fois, trois fois. Enfin, Salvador tombe et Miguel se jette sur lui. Il est stoppé par une ruade des deux jambes, les pousse sur le côté et abat son poing comme une masse sur le visage de son adversaire. Allez, Miguel, dis-toi bien que tu risques ta peau dans ce combat, tu ne l'as pas encore compris ? Non, il n'avait pas réalisé. Il est entré dans cette bagarre avec les muscles faibles et la bêtise d'un automate.

Il frappe de nouveau et son poing ne rencontre que le sol de terre meuble, dans laquelle il s'enfonce presque. Miguel comprend peu à peu que Salvador avait tout préparé. Et une arête de fer lui entame la tempe, à l'endroit déjà meurtri par la colonnette du lit. Il glapit, roule sur le sol, et sait maintenant de quoi il retourne, c'est du sérieux. Il se redresse d'un bond mais une ombre lui tombe dessus, lourde et contondante. Un coup dans la poitrine lui coupe la respiration, un autre le cherche à la pointe du menton. Miguel se relève et l'autre le saisit entre ses bras. Comme des insectes qui vont et viennent sous la lumière des phares, les deux corps se heurtent au capot de la voiture. Couché sur le dos, Miguel envoie un coup de pied vicieux, visant les couilles. Salvador hurle et recule.

À nouveau, Miguel lui rentre dedans, comme un taureau, mais maintenant, ses mains cherchent son visage, ses ongles griffent ses yeux, son nez, sa bouche édentée et pleine de sang. Tous deux atterrissent par terre, Miguel se relève aussi vite qu'il le peut, il sait désormais qu'il joue sa vie.

Un direct du gauche à l'estomac. Un autre et encore un autre, jusqu'à ce que Salvador lance une espèce de mugissement de souffrance. Il rompt, essaye de se retourner, mais tu ne lui en laisses pas le temps. Coups de pied et de poing qui manquent leur but. L'essentiel, c'est de ne pas le laisser te frapper avec ses putains d'anneaux d'acier, traître de merde. Qu'est-ce que tu crois qu'une vieille lope comme toi peut faire contre un type comme moi ? Miguel tâtonne pour trouver le bras armé, le saisit par la manche, qui se déchire, et le poing américain siffle à ses oreilles. Ils se heurtent à un arbre. Miguel se lance comme un fauve sur cette main de fer, cette main perfide. Ils tombent. Salvador le cogne dans le dos, à plusieurs reprises, mais ça, ça ne fait pas mal, Miguel, le poing américain est bien plus terrifiant. Miguel se centre sur les doigts aux anneaux métalliques, il les attrape à deux mains et lutte pour les desserrer, ouvrir ce poing. Quatre doigts seront-ils plus puissants que tes deux mains, Miguel ? Salvador, désespéré, a cessé de cogner. Il tire seulement sur le vêtement de Miguel, le déchire, découvre la peau, la griffe, la griffe comme une pute. Il sait qu'il est foutu. Et toi, tu ouvres ce poing qui semblait invincible, tordant les doigts en arrière, en arrière… Salvador porte la main à ton visage, il cherche tes yeux. Ne t'inquiète pas Miguel, continue, en arrière, tire, en arrière… Crac, un. Salvador glapit. « Non, non… » dit-il. Il ôte la main de ton visage. Crac, deux. « Non, non… » rugit ce vieux con de merde. Crac, trois…

La main gauche de Salvador sort de sa poche, cherche à nouveau le visage de Miguel, qui jouit d'avance à l'idée de casser le quatrième doigt, je vais t'apprendre à faire des coups bas, pédé. La main de Salvador se pose sur la face de Miguel et la caresse avec deux doigts, on dirait ça, juste une caresse, et Miguel ressent une douleur pénétrante, de l'œil jusqu'à la mâchoire. Il te caresse avec une lame de rasoir !

Une caresse au rasoir, et encore une entaille !

Une caresse au rasoir et encore une entaille !

Il lâche la main qu'il tenait et les trois doigts brisés, enfilés dans le cercle de fer, le frappent au visage et le renversent sur le côté. Miguel se transforme alors en une machine aveugle et destructrice.

XVIII

DIMANCHE 20 AOÛT

Minuit cinq

La vieille 850 dépasse Sarriá, le pied du funiculaire et le virage en U d'où l'on domine l'immensité étouffante de la Barcelone nocturne, puis ralentit.

Il s'agit seulement d'une intuition, mais Correa y croit dur comme fer. Il n'a pas d'autre piste. Selon la déclaration de Manuel Maristany, le plaignant à la Baume-Mercier aux deux cadrans, le voyou les avait obligés à prendre la route de Vallvidrera, jusqu'à une déviation qu'il y a à droite au kilomètre 5. L'endroit même où Gallego avait arrêté Miguel, le 19 juillet 1971. Toujours le même point de référence, cœur et foyer de la violence.

L'homme apparaît au milieu de la route, trébuchant et agitant les bras, comme s'il était aveugle. Il a le visage couvert de sang, un sang qui, à la lumière des phares, se révèle être noir. Ses jambes flageolent et semblent s'arquer dans tous les sens, comme s'il marchait sur le pont d'un bateau. Son corps monte et descend, il boite. Correa doit écraser le frein pour ne pas le percuter. L'homme s'écroule sur le capot, épuisé, et s'affale dans les bras du policier quand celui-ci essaie de le redresser avec d'infinies précautions. Sa respiration est saccadée, c'est un ronflement continu et angoissé, ses yeux regardent mais ne voient pas, il bouge maladroitement les mains, comme s'il quêtait une caresse, une caresse qu'il voudrait donner ou recevoir. Le râle qui sort de ses poumons est celui d'un moribond. Correa crie à l'intention de la Nena :

— Bouge-toi de là, bon sang ! Descends, bordel !

L'homme pose ses mains ensanglantées sur les joues de Correa et les doigts de sa main droite se retournent en arrière. Il tente de dire quelque chose, mais parvient seulement à émettre une plainte, un feulement de douleur qui secoue son corps d'un tremblement irrépressible. Il bredouille, crache du sang et ses yeux égarés expriment la plus profonde affliction. Il secoue la tête en implorant « Non, non... ».

— Donne-moi un coup de main, bon Dieu ! crie Correa à la Nena, restée debout, muette, les yeux fiévreux. Puis, s'adressant à l'homme : « Restez tranquille, ne vous agitez pas... On va tout de suite s'occuper de vous, on va appeler un médecin... »

— Arggg..., fait l'autre. Arggg... !

Et il ôte sa main posée sur la joue de Correa et lui montre, en le tenant très près, tout près de ses yeux, le morceau de chair sanguinolente qu'il tient entre ses doigts, sans cesser de haleter comme un soufflet de forge, emplissant et vidant sa poitrine d'un souffle douloureux, râlant de souffrance.

Correa détourne vivement la tête, comme s'il avait peur que l'autre veuille le lui faire manger. Il respire par le nez pour refouler la nausée et le spasme qui lui arrivent aux lèvres, les vapeurs, la sueur froide et donne une tape sur la main de l'homme.

Le pénis et les testicules vont rouler sur la route.

— Aide-moi, putain ! supplie Correa.

La Nena s'approche de l'homme par-derrière pour le soutenir. Soudain, l'homme cesse de râler, tressaute, fixe ses yeux grands ouverts sur ceux de l'inspecteur et à son expression, on dirait qu'il va pleurer. Puis, les yeux perdent vie, semblent se couvrir de poussière, son corps s'affaisse dans les bras de Correa, comme une marionnette…

La Nena tient un couteau dans la main. Le couteau que Miguel avait laissé sur le lit en partant. La lame est ensanglantée. Les yeux de la Nena brillent, pleins d'espoir. Elle sourit innocemment comme si elle venait de faire une bêtise…

L'inspecteur serre les lèvres, réprimant un vertige. Partagé entre l'écœurement et l'irritation, il répète, comme une prière ou une malédiction, cette seule phrase : « Nom de Dieu de nom de Dieu, saloperie de monde de merde… »

FIN

Première partie

Deuxième partie

DU MÊME AUTEUR

Aux Éditions Gallimard

À paraître en Série Noire

TOUS LES DÉTECTIVES S'APPELLENT FLANAGAN.

Chez d'autres éditeurs

LA SARDINE *(Les aventures de Flanagan, 1), Hachette – Bibliothèque verte*

POUR L'AMOUR DE L'ART, *(Editions Le Mascaret)*

Cet ouvrage a été composé
par Infoprint.
Reproduit et achevé d'imprimer sur Roto-Page
par l'Imprimerie Floch à Mayenne
le 26 septembre 1994.
Dépôt légal : septembre 1994.
Numéro d'imprimeur : 36403.
ISBN 2-07-049377-6 / Imprimé en France.

65102